Lesgische Prosa

(Lesginische Prosa)

Herausgegeben von Steffi Chotiwari-Jünger

Lesgische Prosa

Erzählungen und Miniaturen

Übersetzungen von Steffi Chotiwari-Jünger
und Fasir Muallim

Bibliographische Information der Deutschen Nationalbibliothek: Die Deutsche Nationalbibliothek verzeichnet diese Publikation in der Deutschen Nationalbibliographie; detaillierte bibliografische Daten sind im Internet über http://dnb.dnb.de abrufbar

Cover: Marie Papuaschwili

Herstellung und Verlag: BoD – Books on Demand, Norderstedt 2020

ISBN: 9783752642575

Lesgische Prosa

(Lesginische Prosa)

Erzählungen und Miniaturen

in deutscher Sprache

Vielen Dank an das Übersetzerhaus Looren der Schweiz unter der Leitung von Gabriela Stöckli, das bei der Herausgabe des vorliegenden Buches mit einem Übersetzerstipendium und der Visabeschaffung für Fasir Muallim eine nicht zu überschätzende Unterstützung gewährte.

Inhaltsverzeichnis

---

* Alle Autorinnen sind mit * bezeichnet

** Aus dem Buch „Nacht in Tersepul" 1984 in lesgischer Sprache. Die Erzählung wurde 1980 aus Zensurgründen stark gekürzt, hier die ursprüngliche Fassung.

*** Fasir Muallim und Wad-Ker sind russischsprachige Autoren

Abduselim Ismail

Drei Tage im Leben eines Demokraten

1 Achmednabi und der Neffe

Jedes Mal, wenn Achmednabi, der den Spitznamen ‚Demokrat' trug, im Büro auftauchte, ging das Gespräch in Streitfragen über. So geschah es auch diesmal.

Es war an einem Donnerstag, am Morgen eines schwülen Tages, der neunzehnte August. Suchra Chalidowna hatte, seitdem sie zur Arbeit gekommen war, kein Wort herausbekommen. Sultan Alderowitsch musterte (wie es seiner Angewohnheit entsprach) seinen Tisch, auf dem alles Nötige in der erforderlichen Ordnung ausgebreitet war, fixierte durchs Fenster die Straßen mit ihren vorbeifliegenden Autos und gab sich seinen Gedanken hin, die nichts mit der Arbeit zu tun hatten. Kaflan Geserowitsch, dem deren Schweigen zum Halse heraushing, ging ständig irgendwohin und kehrte erneut zurück.

„Salam alejkum!", unterbrach der eintretende Achmednabi unerwartet das Schweigen, das wer weiß wie lange noch vorgeherrscht hätte.

„Waalejkuma salam!", erhob Sultan Alderowitsch seine offenbar erwachte Stimme.

Auf den Lippen von Suchra Chalidowna erschien ein ungewolltes Lächeln. Kaflan Geserowitschs Gesicht erhellte sich, als ob die Sonne aus dunklen Wolken hervorgeblickt hätte, und setzte sich sofort an seinen Platz. Nach den gegenseitigen obligatorischen Fragen nach der Gesundheit drückte Achmednabi seine Unzufriedenheit mit dem laufenden Monat aus.

„Den ganzen August über habe ich Angst, dass es mein Herz nicht durchhält", beschwerte er sich.

„Wenn sogar ein Demokrat so spricht …", wunderte sich Suchra Chalidowna im Spass.

9

„Ein glühender Demokrat!", ergänzte Sultan Alderowitsch gefühlvoll, wie es seine Angewohnheit war.

„Warst du nicht selbst stolz darauf, dass der August ein Monat demokratischer Erfolge ist?"

„Ich war stolz. Eine Zeit lang … Aber nach und nach bin ich enttäuscht worden."

„Wie das, Bruder? … Man darf sich nicht so zusetzen. In diese Welt werden wir hineingeboren und aus dieser Welt gehen wir heraus, man darf den Mut nicht sinken lassen", bemerkte Kaflan Geserowisch philosophisch.

„Es ist schade um die Energie, die ich vor zwanzig Jahren verbraucht habe. Schade um meine damaligen Gefühle. Schade um die Nerven …"

„Was ist denn jetzt passiert, alter Bruder?", mischte sich Sultan Alderowitsch ein, „womit bist du unzufrieden?"

„Ich sehe nichts, womit ich zufrieden sein könnte. Was ich jetzt machen werde: Ich werde um fünf Minuten bitten, um im Fernsehen auftreten zu dürfen. Ich werde vor allen Leuten erklären, dass man mich nicht mehr Demokrat nennen soll."

„Einen Namen, den du zwanzig Jahre lang geschätzt hast?", fragte Suchra Chalidowna giftig.

„Ja! Nichts bleibt uns. Seht ihr etwa nicht die heutigen Zwanzigjährigen? Was soll man von einer Welt erwarten, die in deren Händen liegt?"

„Darüber hätte man vor zwanzig Jahren nachdenken müssen", sagte Suchra Chalidowna finster.

„Unsere Absichten waren sauber …"

Achmednabi beendete den Satz nicht. Der an seinem Gürtel befestigte Hund, ein Handy in einer Hülle, kläffte.

„Sogar das Signal seines Handys ist originell", wunderte sich Suchra Chalidowna.

„Ja, Neffe", sprach Achmednabi ins Handy. Nachdem er den Sprecher am anderen Ende angehört hatte, sprang er vom Stuhl auf.

„Welche Tamas, wie kannst du so etwas Einfaches nicht verstehen? Die, die dich geboren hat, die dir die Brust gegeben hat, sie ist für dich Tamas, ja? …"

Er drückte auf den roten Knopf. Achmednabi legte das Telefon in die Hülle und liess sich schweigend auf einen Stuhl nieder. Die Bewohner des Büros warteten und hofften zu erfahren, was für ein Gespräch er geführt hatte. Schließlich begann er zu sprechen:

„Der Sohn meiner Schwester hat angerufen. Morgen, am zwanzigsten, wird dieses Hündchen zwanzig Jahre alt. Er sagt, Tamas (eigentlich heißt meine Schwester Tamamat) erlaube es nicht, ein Café zu mieten, sie meint, was sie zubereite, reiche für die Gäste. Dieser Teufelssohn, der seine Mutter weder Mama noch Mutti nennen möchte, wird zwanzig Jahre, er lernt nirgendwo, er arbeitet nicht, aber will ein Café mieten, um dort seinen Geburtstag zu feiern. Er spricht mit mir und nennt meine Schwester, d. h. seine Mutter, beim Spitznamen …"

„Da hast du das Resultat eurer Demokratie", sagte Suchra Chalidowna, wobei sie mit den Fingern auf dem Tisch kratzte und den Kopf schüttelte, im Tonfall einer das Urteil vortragenden Richterin.

„Ja", Achmednabi nickte mit dem Kopf.

„Das ist die Wirklichkeit, unverwechselbar und unbestreitbar", unterstützte Kaflan Geserowitsch.

„Nei-ei-ein! Ich werde vor die Menschen treten", drohte Achmednabi, „eine solche Demokratie brauchen wir nicht …"

So unerwartet wie er erschienen war, so blitzschnell ging er auch wieder fort, als ob er sich an eine unverschiebbare Sache erinnert hätte.

Die Zurückgebliebenen lachten über Achmednabi und setzten im Büroraum, wo alle Bedingungen für eine gute Arbeit existierten, eilig fort, die Zeit totzuschlagen.

2 Achmednabi und Belinski

Am Freitag, fast um Mittag herum, kam Achmednabi wieder zu seinen Freunden.

„Habt ihr Belinski gelesen?", fragte er, nachdem er gegrüßt und sich auf den Stuhl am Fenster gesetzt hatte.

Auf den Wangenknochen Suchra Chalidownas begann ein giftiges Lächeln zu spielen.

„Warum sollten wir Belinski nicht lesen, den du gelesen hast?", fragte sie. „Ich zum Beispiel habe alles von ihm gelesen. Und nicht nur einmal."

„Und hatte er recht?"

„Ich weiß nicht. Ich verstehe nicht, wovon du sprichst."

„Ich meine über Russland."

„Aber wozu brauchen wir hier Belinski? Wir sehen doch mit eigenen Augen, dass Russland zerstört wird, veruntreut wird … Sind wir etwa keine Zeugen für das alles?"

„Ja!", bestätigte Sultan Alderowitsch.

„Für alles!", ergänzte Kaflan Geserowitsch.

„Hört nur mal zu, was Belinski schreibt", Achmednabi gab nicht auf.

Er zog ein mehrfach zusammengelegtes Papier aus der Hosentasche, faltete es vielversprechend auseinander und begann zu lesen:

„Vielleicht taucht jetzt bei Ihnen die Frage auf: was geht jetzt vor sich? Alle stehlen … Um im Leben glücklich zu sein, braucht man Geld und einen Rang, und für dessen Erwerb – Bestechung, Unterschlagung, Speichelleckerei und Niederträchtigkeit gegenüber der Macht …"

„Nun, Genosse, womit packst du uns den Kopf voll?", Suchra Chalidowna unterbrach ihn. „Erstens sind dies Worte des Stadthauptmanns aus dem „Revisor" von Gogol, und Belinski führt sie als Beispiel an. Zweitens, wer hat diese Sitten eingeführt? Ihr Demokraten! Wer hat das Land zerstört? Wer hat es ausgeraubt? Ihr Demokraten! Und du auch, der du auf den Straßen in Moskau herumgerannt bist und einen Jelzin unterstützt hast, der bis zum Rand vollgelaufen war."

„Ja, ich war auf den Straßen Moskaus", entflammte Achmednabi. „Ich habe ihm geglaubt. Wegen dieses verkäuflichen Gorbatschows mit dem Fleck auf dem Scheitel, der verkäuflicher ist als eine Frau. Er hat doch das mächtige Land vor allen Menschen auf die Knie gestellt. Er hat mit dem Kopf von Raetschka[1] gearbeitet und sich und das Land verkauft, ohne eine Ahnung von den Käufern zu haben. Für gute Worte …"

„Erstens, nicht Raetschka, sondern Raisa Maksimowna. Zweitens, von wegen keine Ahnung – das stimmt nicht, und nicht irgendjemandem hat er es verkauft, sondern den Feinden des Landes!", sagte Surchra Chalidowna und legte eine Pause ein. Nicht auf Achmednabi achtend, erhob sie den Finger. „Das sind verschiedene Dinge! Drittens, alles das, von dem du hier gesprochen hast, und vieles andere hat er zusammen mit euch, den so genannten Demokraten, durchgeführt!"

„Wenn er das Land nicht in eine solche Versenkung gestürzt hätte, dann wären auch diejenigen nicht gekommen, die sich Demokraten nennen. Ich habe es mit eigenen Augen gesehen. Heute ist der zwanzigste August? Genau vor zwanzig Jahren war ich auf den Barrikaden zur Verteidigung des Weißen Hauses …"

„An der Seite des Saufkopfes Jelzin", flocht Kaflan Geserowisch ein.

Achmednabi hörte nicht auf ihn und fuhr fort:

„Ich wusste nicht, dass die SKAZ[2] solche Angsthasen sind. Und wir hatten Angst, dass die Waffen einsetzen. Vor dem Weißen Haus erschienen Unbekannte, die Geld verteilten. Sie haben uns gesagt: Geht, unterhaltet euch mit den Panzersoldaten. Bringt ihnen Essen. Sagt, dass sie die Waffen nicht gegen das Volk einsetzen sollen. Überzeugt sie …" So haben wir es auch getan. Wir haben einen Bürgerkrieg vermieden."

„Ihr?", lächelte Kaflan Geserowitsch philosophisch und wiegte den Kopf.

„Ja, wir!", bestätigte Achmednabi.

„Und was für ein Krieg geht jetzt vor sich? Ist das etwa kein Bürgerkrieg?", Sultan Alderowitsch war erregt.

„Das verneine ich nicht …"

„Damals, als sie Angst um sich selbst hatten, haben sie Geld verteilt und einen Krieg vermieden. Heute geben Sie, die sich Demokraten nennen, das Geld aus, um Krieg zu führen. In der ganzen Welt!", erklärte Suchra Chalidowna entschlossen.

„Vielleicht", sagte Achmednabi mit einer anderen Stimme, ohne die vorherige Heftigkeit, und stand vom Stuhl auf. „Aber ich habe damals keine Beziehung zum Geld gehabt, und jetzt auch nicht."

„Du gehörst zu denen, die Jelzin betrogen hat", half ihm Kaflan Geserowitsch. „Das ist noch schlimmer."

„Deshalb ja will ich auch vor den Menschen auftreten", sagte Achmednabi und schloss sich der Meinung der Freunde an. „Beim Fernsehen hat man mir versprochen, mir fünf Minuten zuzugestehen."

„Geh!", Suchra Chalidowna zeigte auf die Tür. „Haltet euer Gesicht für eine Ohrfeige des Volkes hin."

Achmednabi ging wie von einem Faden gezogen aus dem Büroraum.

„Er hat Belinski gelesen!", sagte Suchra Chalidowna, krallte sich mit den Fingern am Tisch fest und sah ihm nach. „Du bist besorgt um dich, von dem ein Körper ohne Seele übrig geblieben ist! Solche wie du hängen die Fahnen nach dem Wind, wann haben sie sich je um die Menschen gesorgt, dass es heute anders sein sollte?"

3 Achmednabi und der Wodka

Der Montag lief schwer an. Es waren keine Besucher gekommen, und miteinander hatten die Bewohner des Büros nicht einmal fünf Worte gewechselt. Der Arbeitstag ging schon dem Ende zu. Plötzlich war die Stimme Sultan Alderowitschs zu hören, der gedankenverloren durchs Fenster auf die Straße blickte.

„Der Demokrat kommt …"

„Mal sehen, ob ihr jetzt weiter schweigen werdet", Kaflan Geserowitsch schöpfte Mut.

Suchra Chalidowna lachte:

„Schon interessant, über was er heute zu sprechen hat!"

Sie mussten nicht lange warten. Achmednabi erschien mit einem Lächeln auf dem ganzen Gesicht und mit Paketen in beiden Händen an der Tür.

„Salam alejkum, liebe Freunde", er war außerordentlich fröhlich.

„O-O! Ja, so muss man zu Freunden kommen", begrüßte ihn Suchra Chalidowna und zeigte auf die Pakete in den Händen Achmednabis.

Sie räumte rasch die Papiere und alles andere von ihrem Tisch fort.

„Es sieht aus, als ob wir am Jubiläum des Neffen beteiligt würden", sagte Suchra Chalidowna lächelnd.

„Nein doch, er feiert den Jahrestag des Zerfalls des SKAZ", Sultan Alderowitsch rieb sich die Hände und stand vom Platz auf.

„Schaun wir doch mal, was sich in den Paketen befindet, keine Eile", Kaflan Geserowitsch begann sich zu regen.

Achmednabi blickte strahlend auf alle, stellte die Pakete auf den geräumten Tisch und begann ihre Inhalte hervorzukramen.

„Diese Eselssöhne, Gorbatschow zusammen mit Jelzin! Und alle ihre Mitläufer! Wir werden essen und trinken!", es klang wie ein Aufruf zu einem Meeting.

„Jawohl, lieber Demokrat!", unterstützte ihn Kaflan Geserowitsch.

„Vom frühen Morgen an hatte ich Trauer im Herzen", Sultan Alderowitsch näherte sich dem Tisch.

Aus den Paketen erblickten das helle Licht: Chicken Wings, von denen ein Aroma von Fleisch und Kartoffeln ausging, dünnes Brot und Schafskäse, Wein und Wodka, Mineralwasser – eben alles, was eine Tafel so braucht. Achmednabi stellte jede Flasche, jedes Paket und jede Schachtel vorsichtig auf den Tisch und erzählte freudig:

„Wisst ihr, Freunde, was heute passiert ist? Ich bin nicht zum Fernsehen gefahren. Sie haben selbst dreimal angerufen, aber ich bin dennoch nicht gefahren. Ihr fragt, warum? Aus Frust auf diese Eselssöhne, die mich betrogen haben. Es ist besser so, nun habe ich entschieden, mit den Freunden zu trinken und sie alle zu vergessen mitsamt deren Angelegenheiten, und auch diese Zeit ..."

Nachdem er den Inhalt der Pakete auf dem Tisch verteilt hatte, wandte er sich an Suchra Chalidowna:

„Und das, meine ältere Schwester, ist persönlich für dich." Er legte eine Tafel Schokolade vor ihr hin.

„Das ist für mich!", Suchra Chalidowna war sehr einverstanden und steckte die Tafel aus Gewohnheit in den Tischkasten.

„Und sogleich, meine ältere Schwester, die ersten Gläschen auf deine Gesundheit!", meinte Achmednabi stehend. Mit einer Geste schlug er auch seinen Freunden vor aufzustehen. „Du wirst von uns hochgeschätzt! Lebe hoch! Und mit dir zusammen sollen auch wir hochleben!"

Als alle einzeln auf sie und dann auf alle anderen Anwesenden getrunken hatten, verwandelten sich alle, die an dem kleinen Bürotisch ein großes Fest organisiert hatten: Achmednabis Zunge begann den Dienst zu versagen, Sultan Alderowitschs Zunge löste sich im Gegenteil, und Kaflan Geserowitsch nickte schweigend mit dem Kopf und stimmte jedem ausgesprochenen Wort zu. Suchra Chalidowna, deren Gesicht sich vom

Kognak gerötet hatte, lachte tönend, stachelte die Gesellschaft an und hatte an jedem Wort etwas auszusetzen.

„Freunde, ein Toast ist in mir gereift!", Achmednabi erhob sich erneut.

„Heute gehören dir alle Toaste", lachte Sultan Alderowitsch und schaute alle an.

„Lasst uns auf Gaddafi[3] trinken", schlug Achmednabi vor und blickte streng. „Ich würde gern auf Gaddafi trinken ...."

„Ha-ha-ha!", lachte Kaflan Geserowitsch zum ersten Mal als Erster.

Sultan Alderowitsch versuchte schweigend irgendetwas zu verstehen.

Suchra Chalidowna krallte die Finger, legte die Hände auf den Tisch und fragte:

„Nichts für ungut, aber warum gerade Gaddafi? War er auch Demokrat?"

„Kein Demokrat, sondern ein Kämpfer", antwortete ihr Achmednabi.

„Er ist ein Held seines Volkes! Er ist ein Prophet für sein Volk! Gaddafi hat sein leidendes Volk von der Ausbeutung durch fremde Länder befreit. Er hat die Araber gezwungen zu erkennen, dass sie die Herren ihrer Erde sind. Ja, deshalb wollte auch ich ein Gaddafi für unser Volk werden."

„Und was hättest du dann gemacht?", frage Suchra Chalidowna.

„Was ich gemacht hätte?", entflammte sich Achednabi. „Ich hätte mein Volk vereint, das durch den Willen des Schicksals geteilt ist. Ich hätte für seine Souveränität gekämpft. Ich ..."

„Solche gab es schon", unterbrach ihn Kaflan Geserowitsch. „Und mit welchem Resultat? Sie haben ihre Sache in Angriff genommen, sie erhielten ein Amt, haben eine Firma gegründet, sich Immobilien gekauft ..."

„Du verstehst nichts, mein lieber Philosoph. Das ist nicht Gaddafi. Ich spreche doch von dem Gaddafi, der sein Volk vereint hat, das Herr in seinem eigenen Land geworden ist ..."

„Das Land ist gegen ihn aufgestanden, mein Freund. Und das Land gibt es jetzt nicht mehr, und deinen Gaddafi auch nicht", Suchra Chalidowna war nicht einverstanden. „Du willst doch nicht etwa, dass dich dein Volk hasst?"

„Das war nur das Resultat der Propaganda von Gruppierungen, die die Menschen aufeinander hetzen, die das Volk auf den Weg der Selbstvernichtung führen. Nachdem ich mein Volk befreit habe, dessen Erde befreit habe, bin ich bereit zu sterben! Ich bin bereit, vom Volk selbst den Tod entgegenzunehmen!"

„Unser Gaddafi, er lebe hoch ...", Sultan Alderowitsch schlug vor, das nächste Glas zu erheben.

„Was der Wodka nicht alles schafft ...", Kaflan Geserowitsch schüttelte den Kopf.

„Lass es dir gut gehen, unser lieber Gaddafi!", sagte Suchra Chalidowna.

Nach einer Minute des Nachdenkens fügte sie hinzu:

„Das hast du richtig gesagt, lieber Demokrat: das Volk befreien, das Land vereinigen, dann von ihm den Tod entgegennehmen – das ist auch eine Heldentat."

Pakisat Farulaj

Kleiner Hagel

Rachman lehnte am Pfosten der Veranda und blickte in Richtung Straße. Der dichte Nachtnebel war in die Berge zurückgewichen und in den Büschen hängen geblieben. Mittsommer. Es war bedeckt und frisch.

Auf der anderen Seite der Straße schritt ruhig und langsam ein Mensch mit einem schneeweißen Haarschopf: Alibeg, der Vater Rachmans. Als er den Hof verließ, hatte er nicht einmal zum Sohn hergeschaut, der auf der Veranda stand. Rachman ist's schwer ums Herz. Der Junge schaute dem frühzeitig ergrauten Vater hinterdrein und wunderte sich über dessen Ruhe und Beherrschung. Ihm schien sogar, der Vater wäre freudig. Als Alibeg über eine Pfütze sprang, schwenkte er seine Arme. Von weitem glich er einem Vogel, der sich anschickt aufzufliegen.

Rachman wusste, wohin der Vater sich aufgemacht hatte. Am anderen Ende der Straße, im Gebäude hinter der Abbiegung, wusste man es auch. Dort befindet sich ein Laden. An diesem erwarteten ihn die „Jungs". Er war älter als sie und besaß einen höheren Status: Er ist Vater von neun Kindern und Dorflehrer. In einem Jahr geht er in Rente. Dennoch erkennt Alibeg mit dem lebhaften Feuer in den blauen Augen sein Alter nicht an.

„Ach, welcher Schuft hat sich diesen Wodka ausgedacht! Das ist Gift, er verpestet sowohl Seele als auch den Körper eines Menschen", sinnierte Rachman. Als er zur Armee kam, war die Krone dieses Kirschbaumes im Garten etwas höher als das Geländer der Veranda. Die Brüder, Salman und Sawsichan, sprangen über das Geländer, griffen nach den Ästen und pflückten die ersten reifen Kirschen. Ein kleiner, süßer lesgischer Kirschbaum – wenn du davon isst, werden sogar die Zähne schwarz. Der Vater hatte irgendwo bei Bekannten diese Jungpflanze aufgetrieben und bei ihnen eingesetzt. Und jetzt hatte sich der Kirschbaum ausgestreckt und war so gewachsen, dass er fast auf die ganze Veranda seinen Schatten verteilte. Mama beklagte sich sogar manchmal über ihn: „Warum musstest du ihn auch so nah pflanzen? Er schirmt alle Sonne ab."

„Verfluchte Alte", antwortete Alibeg ihr stets, „aber wenn du die

Kirschen pflückst, ohne von der Veranda runter zu müssen, dann ist es gut?"

Salman kam zum Tor herein. Der ältere Bruder ist paradoxerweise viel kleiner als Rachman. Mit seinen breiten Schultern und muskulösen Armen erscheint er noch niedriger. Wegen einer Verletzung wurde er nicht zur Armee eingezogen. In der Kindheit, als er mit kleinen Kindern im Hofe gespielt hatte, war er unglücklich gefallen. Etwas hatte ein Auge verletzt. Alibeg lief mit ihm von Arzt zu Arzt. Jeder schrieb ihm einen Haufen Rezepte aus, kurierte ihn auf seine Art und Weise, aber mit vierzehn Jahren sah der Junge trotzdem auf dem einen Auge noch immer schlecht. Schließlich zeigte sich darauf eine Hornhaut. Salman trug schwer an seinem Defekt. Er war ruhig und tat niemandem etwas zuleide. Wenn er mit jemanden sprach, senkte er den Blick – alle liebten ihn im Dorf.

Salman trieb zusammen mit der Mutter an den vom Dorf festgelegten Tagen die Schafe auf das Feld. Jetzt war er gerade blau und durchgefroren zurückgekommen.

„Warum bist du zurück und hast die Mutter allein gelassen, Salman? Du hättest selbst bleiben, sie nach Hause schicken müssen", hieß Rachman von der Veranda aus.

„Geh und sag es ihr selbst", antwortete Salman unzufrieden. „ihr ständiges ‚geh nach Hause, du wirst dich noch erkälten, geh – du erkältest dich', beide Ohren hat sie mir vollgequasselt."

„Dann werde ich mal gehen."

Rachman lief schnell ins Haus, nahm das Tuch mit dem Fladenbrot, brach ein Viertel ab, wickelte es in eine Zeitung und ging in den Hof. Dabei setzte er Vaters alte Schirmmütze auf und eilte strauchelnd in Richtung Weide, wo die Schafe grasten. Schon von weitem erblickte er hinter einen Strauch die Mutter, die die Schafe zusammentrieb. Wenn man mit den Ästen der Sträucher in Berührung kam, war man sogleich von den Tropfen durchnässt, die sich während des Nieselregens auf ihnen niedergelassen hatten. Als Rachman die völlig feuchte und unterkühlte Mutter sah, hatte er Mitleid mit ihr.

„Ich hatte dir doch gesagt, lass mich mit Salman die Schafe hüten, wenn die Reihe wieder an uns ist", sagte der Sohn vorwurfsvoll, aber weichherzig zur Mutter.

„Mein Söhnchen, du bist noch nicht einmal richtig angekommen und da soll ich dich schon Schafe hüten lassen? Der Allmächtige möge dich beschützen, Kindchen."

„Hier, ich habe dir einen heissen Fladen mitgebracht. Iß und geh nach Hause. Ich werde mich bis zum Abend um die Schafe kümmern." Rachman langte nach dem in der Zeitung eingewickelten Brot in die Brustöffnung und hielt es der Mutter hin.

„Sag bloß, die Kinderchen konnten Brot backen? Wirklich, sie haben gebacken", murmelte Mersijat anerkennend und wickelte das Brot aus der Zeitung aus. „Meine Prachtkinder. Ich bin nachts aufgestanden und habe den Teig angesetzt, damit Chanum und Sawsichan am Morgen Brot backen können. Prima, meine Kinder …"

Mersijat begann das Brot mit dem Käse zu kauen. Sie hatte den letzten Bissen noch nicht heruntergeschluckt, als sie sich schon auf den Weg runter ins Dorf machte. Aus dem Gummimantel, den sie wegen des Regens übergezogen hatte, sahen nur ihre Beine mit den Schafwollsocken in den Gummischuhen hervor. Mersijat war klein, aber sehr flink, und Alibeg sagte immer, dass sie „geflügelte Beine" besitze. Die Nachbarn waren allesamt der Meinung, dass Alibeg die neun Kinder niemals durchfüttern könnte, wenn Mersijat nicht wäre. Er habe nur Interesse am Trinken.
Die dunklen Wolken verzogen sich am Himmel über dem Dorf, und die herausschauende Dämmerungssonne wärmte die Luft. Erst zu Hause fühlte Mersijat plötzlich den Regen im Körper. Sie bat die Kinder, Wasser für Tee aufzusetzen, wusch sich schnell, legte sich ins Bett und deckte sich mit warmen Decken zu.

„Ob Alibeg schon in der Schule ist?", dachte sie. „Es würde mich schon interessieren, was er den Kindern in der Schule beibringt. Gott hat bei ihm nicht mit Talenten gegeizt. Er ist gebildet und er hat goldene Hände … als die ersten Kinder zur Welt kamen, haben wir zusammen das Haus gebaut: er der Meister, ich der Gehilfe. Dann hat er nach und nach auch die obere Etage hochgezogen. Vor dem Haus einen Garten angelegt … Und schließlich tauchte dieser Verfluchte auf, dieser Wodka, die nicht heilende Wunde … Kein Tag ohne Sauferei. Genau solche Lehrer wie er versammeln sich mal hinter dem Laden, mal am Fluss, mal an der Quelle, und manchmal am See – und sie trinken sich einen an. Entweder vom Morgen bis zum Mittag oder vom Mittag bis zum Abend – es kommt darauf an, welche Schicht sie in der Schule übernommen haben. Was können die Kinder schon von solchen Lehrern lernen?"

Obwohl Rachman nach Hause in die Heimat zurückgekehrt war, schlug sein Herz friedlos und angespannt. Zwei Brüder und zwei Schwestern waren schon ausgeflogen: Der eine verdiente in Norilsk Geld fürs liebe Brot, ein anderer in Urgada, noch irgendwer in Tjumen. Einer, Gerejchan, diente in der Armee und würde erst in einem Jahr zurückkommen. „Warum treibt es euch denn alle aus unserer Gegend weg, Kinder? Ich habe doch Sehnsucht nach euch!", wiederholte Mutter manchmal und wiegte sich mit Tränen von einer Seite auf die andere.

Mersijat warf sich die Decke über und trat über die Schwelle. Sie war noch fiebrig von der gestrigen Erkältung.

„Du zitterst ja noch, Mama, warum bist du aufgestanden?", schrie Rachman aus dem Zimmer.

„Leg dich ins Bett", Rachman stützte sie am Ellenbogen und führte sie wieder zum Bett.

„Ich bringe dir Tee mit Kornelkirschkonfitüre."

„Hat es der Vater denn bis zur Arbeit geschafft? Er hat nur einen Schluck Tee zu sich genommen und ist losgegangen", brachte Mersijat mit schwacher Stimme heraus.

„Wie denn nicht. Es ist schon zwölf Uhr." Rachman goss aus der auf den Tisch stehenden Thermosflasche Tee ein, trug einen Stuhl zum Bett, stellte das Glas mit einer Untertasse darauf und rührte Kornelkirschkonfitüre in den Tee ein.

„Trink das heiß. Du wirst schwitzen, und es wird dir gut tun."

Mersijat trank mit kleinen Schlucken ein halbes Glas Tee und lehnte sich wieder ans Kissen.

Chanum und Sawsichan kamen aus der Schule. Die eine lernte in der siebenten, der andere in der fünften Klasse. Der Junge liess seine Schultasche in einer entfernten Ecke verschwinden, kam näher und stellte sich an Mutters Kopfende.

„War Vater heute in der Schule, Sawsichan, mein Junge?", fragte Mersijat den Sohn.

„Ja."

„Warum bist du so früh zurück?"

„Die letzte Stunde ist ausgefallen. Unser Lehrer ist zu den Prüfungen der obersten Klassen gegangen."

„Zur Prüfung?", lächelte Chanum gewichst. „Ich habe euren Lehrer im Laden gesehen, als er aus der Schule kam. Und Vater war auch bei ihnen."

Rachman schaute vorwurfsvoll auf die Schwester.

„Euer Vater, meine Kinder, hat ja auch mit kleinen Kindern zu tun, also …", sagte Mersijat.

Auf ihren Händen, die unter der Decke hervorschauten, kamen riesige Schweißtropfen zum Vorschein.

Rachman sagte seinem jüngeren Bruder, als dieser sich Tee einschenkte: „Komm, rufe Salman. Er ist hinter dem Haus und hackt Holz. Und wenn du dann mit dem Mittagessen fertig bist, meldest du dich bei uns. Wir werden zu dritt den Schiefer auf dem Dach ersetzen, wo er besonders schlimm aussieht."

Rachman und Alman warfen vier verschimmelte Schieferplatten vom Dach herunter. Dann wählten sie aus den Schieferteilen, die Alibeg im letzten Jahr gekauft und zur Seite gelegt hatte, neuwertige aus, umbanden sie mit einem Seil und hievten sie über eine lange Leiter, die sie an das Dach gestellt hatten, nach oben. Die Brüder belehrten Sawsichan:

„Binde den Knoten fester, nimm dir Zeit …"

Als die Burschen die erste Schieferplatte hochgezogen und angebracht hatten, kehrte Alibeg zurück.

Er war so betrunken, dass er kaum auf den Beinen stehen konnte. Nachdem er vom Dach die Stimmen der Söhne vernommen hatte, hob er seinen schweren Kopf und schimpfte sie heftig aus.
Salman wurde knallrot.

„Wenn es nicht eine Schande vor dem Dorf wäre, ich würde ihn umbringen."

Rachman presste die Zähne zusammen, hielt sich aber zurück. Alibeg brummte etwas, stieg aufs Vorderdach und stieg über die Leiter auf das Oberdach.

„Ich habe euer Dach zusammen mit euch im Sarg gesehen!", der Kopf Alibegs war über dem Sparren zu erkennen. „Du Salman bist ein Verbrecher, siehst du nicht, dass dieser Schiefer quer gelegt ist? So ein blinder Esel …"

„Vater, so aber nicht!", Rachman, der mit Hammer und Nagel auf dem Dach stand, begann nervös zu werden. Er war noch Gast in diesem Haus, deshalb kränkte ihn Alibeg nicht.

Salman ballte die Fäuste und bewegte sich auf den Vater zu, verheddterte sich aber im Seil und stürzte. Zur gleichen Zeit waren vom Hof der Knall abbrechender Zweige und ein dumpfes Aufschlagen auf der Erde zu hören. Die Brüder fuhren auf und sahen am Ende des Daches, dass die Leiter, die sie an das Dach gestellt hatten, umgekippt und auf dem Boden aufgeschlagen war. Neben den abgerissenen Zweigen des Kirschbaumes lag ausgestreckt Alimbeg. Die Leiter hatte ihn beim Umfallen mit sich gerissen.

„Vater, hast du dir wehgetan?", schrie Rachman vom Dach herunter und überlegte, wie sie jetzt runtergelangen könnten.

Die Brüder ließen sich an einem Strick hinuntergleiten und eilten zum Vater. Sawsichan, erschrocken, stand über den Vater gebeugt und riss die Augen auf.

„Vater! Vater!", begannen die Brüder gleichzeitig zu schreien, aber Alibeg rührte sich nicht. Er lag mit zur Seite ausgestreckten Armen auf den Kirschzweigen. Seine blauen Augen schauten in den grauen Himmel. Am Hinterkopf floss aus dem grauen Haar ein kleines Rinnsal Blut auf die Zweige.

* * *

Rachman kaufte im Waggon-Restaurant eine kleine Flasche Cola und ein Päckchen Zucker, kehrte an seinen Platz zurück und setzte sich. Die Abteilnachbarn, ein junges Paar mit zwei Kindern, schliefen schon. Am Fenster huschten in der Dämmerung die unendlichen Felder Russlands vorbei. „Nein, ich werde in anderen Gebieten nicht hängen bleiben, ich will mir etwas Geld verschaffen, dann kehre ich ins Dorf zurück und werde als Landwirt arbeiten", erwog Rachman. „Ich werde Puten züchten. Seitdem Vater nicht mehr lebt, ist Mutter ganz traurig."

Rachman erinnerte sich an eine Geschichte seiner Kindheit. Mutter meinte, er sei vier Jahr alt gewesen, als er schwer erkrank war. Mersijat wurde mit dem Kind ins Bezirkskrankenhaus eingeliefert. Dort aber konnten sie dem Kind nicht helfen. Er musste sich ständig übergeben und schwand schier vor den Augen dahin. Eines Tages wurde irgendeine Frau ins Krankenzimmer eingeliefert. Sie war ebenfalls mit ihrem Kind da. Die Frau meinte zu Mersijat:

„Deinem Sohn ist etwas im Hals stecken geblieben, Schwester. Die Ärzte können dir nicht helfen. Fahr mit ihm zu einer Frau mit Namen Peri-Chala[4] in das Dorf so und so …" Und sie teilte die Bezeichnung irgendeines hochgelegenen Bergdorfes mit.

Mersijat stahl sich heimlich aus dem Krankenhaus, fuhr nach Hause und erzählte alles Alimbeg. Es war gerade Frühling geworden, und alle Wege waren vom Regen und den Schlammströmen ausgewaschen. In das Dorf dieser Peri konnte man nur mit Pferden gelangen. Alibeg trieb im Dorf ein Pferd auf und ritt mit Frau und Kind, das schon nicht mehr lange zu leben hatte, los. Rachman ging es so schlecht, dass Alibeg ständig nach dem Sohn sah, der in seinen Armen in einem Stück Burka eingewickelt war: Lebt er noch?

Erst bei Sonnenuntergang kamen sie im Dorf an. Tatsächlich stellte sich heraus, dass sich etwas im Hals verkeilt hatte.

„Auf der rechten Seite ist etwas, meine Lieben", sprach Peri-Chala. „Ja, und euren Sohn hat jemand durch einen bösen Blick verhext."

Peri blies ins Nasenloch des Kindes, und aus dem Mund flog ein Stückchen einer Streichholzschachtel heraus. Dann tastete die Gesundbeterin den Hals des Kindes ab, schmierte eine Handvoll Salz über den Kopf, sprach verschiedene Gebete und warf das Salz ins Ofenfeuer. Sie kochte ein weiches Ei und fütterte das weinende Kind. Dabei liebkoste und streichelte sie es. Nach einer kurzen Zeit kam Rachman zu sich, seine gesunde Gesichtsfarbe kehrte zurück, er begann zu spielen und zu lachen.

Alibeg und Mersijat übernachteten bei Peri-Chala und machten sich am Morgen auf den Heimweg. Als sie den halben Weg zurückgelegt hatten, verdüsterte sich plötzlich der Himmel. Es donnerte, und Blitze leuchteten

auf. Ein schneller, kleiner Hagel fiel. Die neben dem Pferd einherschrei-
tende Mersijat stülpte sich ein flauschiges Teppichstück über den Kopf.

„Ach, meine Großmutter, Gott erbarme sich ihrer, sie hat diesen kleinen Teppich gewebt. Ich wusste gar nicht, dass er mir irgendwann einmal
so nützen würde", brummelte Mersijat vor sich hin, glücklich über die Ge-
sundung des Kindes.

Rachman schlief auf den Armen des Vaters. Die Musik des Hagels –
tirip-tirip – hatte ihn in den Schlaf gewiegt.

„Sobald der Hagel aufhört, müssen wir irgendwo Rast machen und den
Sattelgut festziehen", sagte Alibeg, wobei er versuchte, den Lärm des
Hagels zu übertönen.

„Der Hagel wird nicht lange andauern. Schau, der Himmel klart sich
schon auf", antwortete Mersijat.

Ruchman erwachte, aber als er die Wärme der großen Handflächen des
Vaters fühlte, schlief er sofort wieder im Sattel wie in einer Wiege ein …

Fejsudin Nagai

Sage über Tugenden und Laster

Gott erschuf die lebendige und die tote Natur: Erde, Wasser und Luft.
Er siedelte auf der Erde und im Wasser Menschen, verschiedene Tiere und
Vögel an, und zwar von jedem Geschöpf ein Paar.

Aber bald war der Schöpfer unzufrieden mit seiner Arbeit: Viele Menschen waren mit Lastern beladen.

Da schickte Er den Erzengel auf die Erde, um die menschlichen Laster
zu beseitigen.

Der Erzengel flog auf die Erde und begann die Menschen zu beobachten.

Und Er sieht: Die Menschen sind in Reiche und Arme geteilt, in Kluge
und Dumme, in Starke und Schwache, in Arbeitende und Schnorrer, in
Gewissenhafte und Diebe, in Prostituierte und Mörder …

Der Erzengel tritt an jeden Einzelnen heran und fragt:

„Was brauchst du, um deine unzulänglichen Betätigungen sein zu lassen und dich mit friedlicher Arbeit zu beschäftigen?"

„Ich brauche Geld! Viel Geld!"

„Und was machst du mit dem vielen Geld?"

Die Antworten waren verschieden:

„Ich würde viele geschickte Diebe anheuern und alle ausrauben", antwortete der Dieb.

„Ich würde alle Richter kaufen, damit man die Mörder nicht verurteilt", antwortete der Mörder.

„Ich würde ein riesiges Haus bauen und dort alle Huren versammeln, damit sie für mich arbeiten", antwortete eine Dirne.

„Ich würde alle Schnorrer nötigen", antwortete der Schnorrer, „nur mir allein die Gnade zu überlassen."

Und nur einer der Befragten sagte, dass er all sein Geld dafür ausgeben würde, um die Waisen, die alten Menschen und die Schwachen zu ernähren.

Und das war ein Mensch, in dessen Herz Gott Einzug gehalten hatte.

Tagebuch eines Aufgehängten

Auf der Welt gibt es viele Wunder, die durch den menschlichen Verstand nur schwer zu erfassen sind. Eines dieser Wunder kann ich bis zum heutigen Tag nicht vergessen.

Gab es das wirklich? Oder habe ich nur davon geträumt?

Eines Tages rief mich unser Redakteur zu sich und gab folgenden Auftrag: „Wir müssen einen Artikel über irgendein Bergdorf schreiben. Die dort lebenden Menschen", meinte der Redakteur, „halten an wilden Sitten fest. Beobachte ihre Bräuche und ihr Leben, versuche in deren Leben einzutauchen und schreibe alles auf. Das ist die Aufgabe. Ich bin der festen Überzeugung, du kannst das."

Ich erledigte also die Formalitäten für die Dienstreise und erhielt die mir zustehenden Kopeken. Aber bevor ich mich auf den Weg machte, traf ich mich noch mit einigen unserer Wissenschaftler in der Hoffnung, von ihnen irgendetwas Nützliches zu erfahren.

„Sie sehen ihre Geburtsstunde bei den Lämmern", erklärte mir ein Wissenschaftler, der die Probleme der Herkunft verschiedener Völker überblickte.

„Nein, nein", stimmte ein anderer, der sich ein Leben lang mit der Suche nach einer Antwort auf die Frage „existiert Gott oder nicht" beschäftigt hatte, diesem nicht zu. „Lämmer sind bei ihnen nur eines der Stämme. Aber selbst sind sie, wie ich mit Sicherheit weiß, aus den Libellen hervorgegangen. Einige jungen Wissenschaftler behaupteten sogar, dass sie von irgendwo aus dem Firmament herbeigeflogen sind. Ja, und Lämmer können doch nicht fliegen, aber Libellen ja."

„Und weißt du, wie sie sich selbst nennen?", sagte der erste Wissenschaftler. „Sie nennen sich Adler."

„Was auch bestätigt, dass sie vom Himmel heruntergekommen sind", mit diesem Argument war der zweite Wissenschaftler einverstanden.

Ohne irgendwelche Erkenntnisse aus dem Wissenschaftlergespräch begab ich mich zum Bus. Dann stieg ich aus und setzte meinen Weg zu Fuß in die mir gezeigte Richtung fort. Ich ließ die eine und andere Ebene hinter mir, überquerte den einen und anderen Berg und erreichte schliesslich Dörfer, die an einem Steinfels klebten.

Vor dem Dorf befand sich ein Friedhof. „Nun", dachte ich, „schaue ich doch mal auf den Friedhof. Auch Gräber können etwas über die Menschen aussagen." Um den Friedhof herum erhob sich eine Steineinzäunung, aber sie sah gepflegt aus, was von hohen sittlichen Grundsätzen der Bewohner sprach, von der Ehrerbietung ihrer Vorfahren gegenüber.

Meine Aufmerksamkeit wurde von folgendem Umstand gefangen genommen: Auf einigen Grabsteinen befanden sich keinerlei Aufschriften. Und wenn es welche gab, dann stellte sich heraus, dass der älteste der Verstorbenen zwanzig Jahre alt war. Die anderen waren mit zehn, fünf und viele mit nur drei Jahren gestorben. Wahrscheinlich, so dachte ich, werden auf diesem Platz nur junge beerdigt. Aber wo liegen dann die Alten? Ein anderer Friedhof war nirgendwo in der Nähe zu erkennen.

Und auf noch ein Wunder stieß ich, als ich mich hinter dem Friedhof auf den Weg ins Dorf machte. An einem Fels streckte sich ein riesiger Nussbaum aus, und an ihm hing etwas Schwarzes und Langes. Als ich näher kam, sah ich, dass es ein länglicher Kasten war, der einem Sarg ähnelte. Wahrscheinlich hing er schon lange so da, viele Jahre, weil seine Bretter bereits schwarz geworden und gleichsam mit Lack überzogen waren. Was konnte das nur bedeuten?

Es war schon Nacht, als ich im Dorf ankam, vom einladenden Blöken der Schafe und den ihre Mutter suchenden Lämmern umfangen. Die kleine Straße führte mich wie üblich auf den Dorfgodekan. Hier standen alle, sogar die Alten, auf und antworteten auf meine Begrüßung, wonach wir uns, sie mich und ich sie, nach allen Regeln der Berge über Gesundheit, Leben und Treiben ausfragten. Danach interessierte sich ein Alter, offenbar der älteste unter ihnen, wessen Gast ich sei. Als dieser Graubärtige das Ziel meiner Ankunft erfuhr, wandte er sich an alle und erklärte, dass ich sein Gast sein werde. Dabei bemerkte ich, dass sich die Gesichter der anderen gleichsam mit einem Schatten überzogen.

Im Hause des Alten wollte ich endlich während des Abendessens von ihm erfahren, was mir keine Ruhe liess.

„Vater", wandte ich mich an ihn, „nehmen Sie mir meine vielleicht naive Frage nicht übel, aber warum sind auf Ihrem Friedhof nur junge Menschen begraben? Oder werden die alten an einem anderen Ort beigesetzt?"

„Nein, Bala", er lächelte ein wenig und antwortete, „wir begraben alle unsere Toten am gleichen Ort. Ja, ja", der Alte kam meiner nächsten Frage

24

zuvor. „Heute bist du bei mir zu Gast, und ich bin fünfzehn Jahre alt geworden."

„Das heißt, ich bin zufällig zum Geburtstag angereist!", erriet ich. „Ich gratuliere zum 115. Geburtstag."

„Nein, nicht zum 115., zum 15.", verbesserte mich der Alte.

„Wie?!", wunderte ich mich. „Ich dachte, dass Sie älter sind als ich."

„Das Leben eines Menschen, mein Sohn", der Alte trank den Tee aus und schob das Glas weg, „kann man nicht mit verlebten Jahren messen, sondern mit den guten Taten, die er in seinem Leben vollbringt. Wir leben hier in den Bergen, weitab von den anderen Menschen, und zu uns kommt selten ein Gast. Wenn nach Jahren mal ein neuer Mensch erscheint, so wie du diesmal, wünscht jeder meiner Dorfbewohner, dass er bei ihm wohnen kann. Wenn du jemanden getroffen hättest, bevor du auf den Kim kamst, würdest du jetzt nicht bei mir zu Hause sitzen. Aber nun wird mir dank dir noch ein Lebensjahr verliehen. So wird das in unserem Dshemjajat gehalten. Und deshalb bleiben bisweilen sogar bei einem Menschen, der an Altersschwäche stirbt, die Grabsteine leer, ohne irgendwelche Aufschriften."

„Und was ist das für ein großer Kasten auf dem Nussbaum, der am Felsen wächst? Er sieht gar wie ein Sarg aus, in die Christen ihre Toten legen."

„Du hast richtig gesehen, mein Sohn. Das ist ein Sarg."

„Ach! Ein Sarg in dieser Gegend? Hier wohnen doch keine Christen?"

„Egal, ob Christ oder Jude oder irgendjemand anderes, das ist nicht so wichtig. Alle sind Menschen. Auch kein Unglück ist es, wenn er zu keiner Gruppe gehört, keine Heimaterde, kein Volk und keine Wurzeln hat. Denjenigen jedoch soll Gram treffen, der sowohl vom Himmel als auch der Erde getrennt ist. Niemand soll solch ein Schicksal zuteil werden. Oh Gott! Dieser Unglückselige, der im Sarg am Baum hängt, hatte solch ein Schicksal. Er war sowohl vom Himmel als auch von der Erde getrennt."

„Das heißt, es ist wirklich ein Sarg und in ihm ein toter Mensch? Was es nicht für Wunder gibt! Warum hat man ihn denn an den Baum gehängt und nicht der Erde übergeben, wie sonst üblich?"

„Hier handelt es sich wirklich um ein Wunder, Bala, nirgendwo, in keiner Erde konnten sie ihn beerdigen."

„Er gehörte doch bestimmt zu irgendeinem Geschlecht. Er ist gewiss irgendwo geboren und aufgewachsen."

„Ich erzähle dir alles der Reihe nach. Ich sehe, du bist ungeduldig. Sonst wirst du viele Fragen haben.

Jeder Mensch, mein Sohn, soll nicht nur an die schnell dahinfließenden, nichtigen Tages seines Lebens denken, sondern auch an sein Ende. Wie er sich auf seinen letzten Weg vorbereitet, was er aus dieser Welt mitnimmt – das ist der Wert seines ganzen Lebens. Ein würdiger Mensch muss würdig sterben. Der, der im Sarg am Baum hängt, hat gar nicht wenig gelebt. Aber wenn wir es auf unsere Weise zählen, dann war er nicht einmal ein Jahr alt. Und es gibt niemanden, der sich an ihn erinnert. Wer ist er, was ist er? Worin hat er im Leben seine Stütze gefunden? ... Ich kannte seinen Vater gut, aber ich kann dasselbe nicht über ihn sagen.

Ich erinnere mich, deren Familie, ihr ganzes Geschlecht lebte abgesondert. Es heißt, so waren auch die Vorfahren. Die Arbeit hatten sie nicht erfunden, aber sie besaßen nicht wenig Hab und Gut: eine Herde, Weideboden und Getreidefelder. Diener führten alle Arbeiten in deren Haus aus, und es wurde von Wächtern beschützt. Sie waren von weither gekommen, aber woher und warum, kann keiner sagen. Dem Äußeren nach unterschieden sie sich von unseren Dorfbewohnern: Sie besaßen dichtes, gekräuseltes Haar, das sogar im Alter nicht ergraute, und grosse, runde und schwarze Augen. Die Lippen waren vorgestülpt wie bei einer Trommel. Die Haut sonnengebräunt, dicht bewachsen mit Haaren … So sahen sie also aus. Ich erinnere mich nicht an eine einzige gute Tat, die sie für die Dorfbewohner vollbracht hätten. Ja, und dass sie sich irgendwann schlecht aufgeführt hätten, davon habe ich auch nicht gehört. Der am Baum hängende ist der letzte Mann aus deren Geschlecht. Der Vater hatte keine anderen Söhne, und die Töchter heirateten und waren beleidigt, dass aller Reichtum beim Bruder verblieb, und so hielten sie Abstand vom Vater. Und dieser unsittliche Mensch kam nicht einmal zu Beerdigung seines Vaters hierher … nein, ich spreche die Unwahrheit, einmal war er doch da gewesen. Er brauchte ein Dokument, dass seine Vorfahren nicht von hier waren, sondern von irgendwoher übergesiedelt sind. Das brachte die Dorfbewohner noch mehr gegen ihn auf: Wie das, er ist hier geboren und will sein Dorf nicht anerkennen? Ja, so war es, mein Sohn. Dann war er fort und niemand hat je wieder etwas von ihm gehört. Bis zu dem Zeitpunkt, als Menschen mit roten Kreuzen zu uns kamen."

„Was für Menschen mit roten Kreuzen, Vater?"

„Sie hatten weiße Kittel mit den Darstellungen roter Kreuze auf Brust und Rücken. Auch einen Sarg brachten sie mit. Alle unsere Dorfbewohner versammelten sich, und der Übersetzer erklärte:

`Ihr Mitdörfler, Juan Gades ist Wissenschaftler – ein weltbekannter Philosoph. Ihr könnt stolz auf ihn sein. Wir sind entzückt, dass aus einem so entfernten, kleinen Dorf ein solch bedeutender Mensch hervorgegangen ist. Wir erfüllen ihm seinen letzten Wunsch. Er bat darum, dass man ihn dort beerdige, wo er geboren wurde. Wahrlich, in seinem Pass war ein anderes Dorf benannt. Dort jedoch hat man den Gestorbenen nicht aufge-

26

nommen und gesagt, dass er nicht aus ihrem Dorf stamme. Wir mussten alle Archive durchsuchen, bis klar wurde, dass dieser angesehene Mensch aus Eurem Dorf stammt.´

Die Gäste überließen den Toten uns und machten sich unverzüglich auf den Weg nach Hause. Was sollten wir tun? Natürlich den Toten beerdigen. Der Dshemjajat hat so entschieden: ein Grab ausgraben und ihn hineinlegen, ohne den Sarg zu öffnen. Von der Leiche ging ein übler Geruch aus. Wer weiß, wie lange er unterwegs war. Mit einem Wort, wir beerdigten ihn am Rande des Friedhofes, und da geschah das Wunder: Am nächsten Tag sahen wir, dass das Grab wieder so war, als wäre nichts geschehen. Der Sarg stand frei und gerade oben da. Wieder beriet sich der Dshemjajat, wieder wurde er in die Erde eingegraben. Am nächsten Tag jedoch stand der Sarg wiederum oberhalb der Erde. Noch einmal übergab man ihn der Erde, und diesmal wurde beschlossen herauszubekommen, wie und was hier los ist. Einige Männer, auch ich darunter, blieben in der Nacht da, um nach dem Grab zu schauen. Am Himmel schien der Mond. Plötzlich sahen wir, dass sich das Grab aufbäumte und von irgendwoher die Stimme einer stöhnenden Frau hergetragen wurde. Man hätte denken können, dass sich eine Frau während der Geburt quält. Plötzlich öffnete sich der Grabhügel und von dort wurde der Sarg nach oben ausgeworfen. Das Stöhnen verstummte, die Erde begradigte sich an dieser Stelle. Keiner von uns Erschrockenen und Verwunderten konnte ein Wort herausbringen.

Die Erde nimmt ihn nicht auf, entschied der Dshemjajat, wir dürfen ihn nicht beerdigen. Aber was sollten wir tun, ihn so lassen? Die Leiche könnte doch wilde Tiere anlocken. Schließlich dachten wir uns aus, den Sarg mit einem dicken Seil zu umwickeln und an den Baum zu hängen. Jetzt heißt dieser Nussbaum unter uns: „Baum, an dem der Sarg hängt". Sogar die Vögel setzten sich nicht mehr auf diesen Baum, und unsere Menschen umgehen ihn in großem Bogen."

„Der Baum ist riesig, wahrscheinlich bringt er eine gute Nussernte. Wird er etwa nicht abgeerntet?"

„Nachdem dort der Sarg aufgehängt wurde, wachsen auf dem Baum weder Nüsse noch andere ungesehene Früchte. Äußerlich ähneln sie Nüssen, aber innen sind sie wie verbrannte Asche. Noch muss ich dir berichten, dass die Menschen, die im Feld die Nacht verbracht hatten, einem gewissen Mann begegnet sind, der mit einem Sarg auf der Schulter daherspazierte. Er verfolgte die erschrockenen Menschen. Noch gut, dass er wegen des schweren Sarges auf der Schulter nicht schnell laufen konnte … So war das, mein Sohn. Ich bin froh, dass du ein schreibender Mensch bist. Ich verwahre schon lange etwas", der Alte stand auf, ging zu einer Nische im Schrank, öffnete eine kleine Truhe und nahm aus ihr ein Heft heraus.

„Da ist es …"

„Was ist das, Vater?", fragte ich ungeduldig, da ich sah, dass der Alte wortlos an einer Stelle verharrte.

„Das … das sind seine Papiere", er erwachte aus seinen Gedanken, „Sie haben sie mir übergeben, weil ich der Lehrer bin. Die gleichen Leute mit den roten Kreuzen haben mir das zurückgelassen. Aber ich konnte nichts lesen. Keine Ahnung, in welcher Sprache diese Niederschriften gemacht worden sind. Vielleicht kannst du dir einen Reim darauf machen? Oder du findest in der Stadt einen Spezialisten, der sich in ihnen zurechtfindet."

Das Heft war voller für mich unbekannter Buchstaben.

Nach der Rückkehr in die Stadt zeigte ich das Heft einigen Spezialisten verschiedener Sprachen, aber niemand konnte sich in den seltsamen Buchstaben zurechtfinden. Schließlich konnte einer meiner Freunde in ihr Geheimnis eindringen.

„Hör mal, Junge", sagte er zu mir, „vielleicht sind das gewöhnliche Buchstaben, nur auf den Kopf gestellt?" Wir untersuchten das mit einem Spiegel, und da ergab sich: Die Eintragungen waren in lateinischer Schrift, in Spanisch, etwas schräg stehend ausgeführt. Nun, und alles andere war dann schon nichts Besonderes mehr. Ich bezahlte für die Arbeit und bat alles zu übersetzen.

Da sind sie, diese Eintragungen, ich überlasse sie Ihrem Urteil. Der Autor der Eintragungen, Juan Gades (Chan Gadisow), lebte viele Jahre in Honduras. Er war Organisator der Partei der Kosmopoliten. Viele Stellen seiner Schrift konnten nicht übersetzt werden. Aber das, was zu entziffern war, enthielt reichlich interessante Informationen über den Autor.

Aus dem Heft des am Baum Aufgehängten:

„Ich vertraue niemandem. Sogar meiner Frau und meinen Kindern nicht. Bisweilen höre ich auf, mir selbst zu vertrauen. Freunde, die fähig waren, ein Geheimnis zu hüten, hatte ich nie. Überhaupt ist es meiner Ansicht nach nicht möglich, richtige Freunde zu haben. Ja, Lukian[5] hat tausend Mal Recht: Der Mensch kann keine Freunde haben. Von dem, der viele Freunde besitzt, sollte man sich fernhalten. Solch ein Mensch ist gefährlich. Nun, denken wir nach: Wie kann man mit allen im Guten auskommen? Wie vielen kannst du gefällig sein? Derjenige, der eine Freundschaft mit dir anstrebt, will daraus irgendeinen Nutzen ziehen. Das ist sein Wunsch, und nichts anderes. Nach dem gesunden Menschenverstand ist das Wort „Freund" selbst ein leeres Hülse. Es gibt keine Freunde, die so um dich besorgt sind, wie du für dich selbst. Nein, solch einen findest du nicht. Ich habe viele gesehen, die sich Freund genannt haben. Und dann – der einer verführt die Ehefrau des Freundes, ein anderer ist auf den Reichtum des Freundes erpicht, ein dritter … Von denen, die sich Freunde nennen, muss einer der Esel sein, und der andere thront auf ihm. Der Esel muss den auf sich Sitzenden geduldig tragen. Aber Gott bewahre, wenn er irgendwie vorschlägt: Nun, los, wechseln wir für kurze Zeit die Rollen, ich bin müde. Dann zerfällt die Freundschaft. Da sieht man's, schwer und bitter ist das, deshalb habe ich keine Freunde …

Ich gebe zu, ich habe einmal irgendwann einen Menschen als Freund bezeichnet. Denjenigen, der meine erste Frau weggenommen hat. Ja, der hat auch immer wiederholt: Freundschaft, Freundschaft. Aber einmal, als ich von einer Dienstreise zurückkam, habe ich ihn mit meiner Frau im Bett erwischt. Wie hatte er sich als Freund um mich gesorgt, ohne mich erlaubte er meiner Herzallerliebsten, nicht trübsinnig zu sein.

Zu dieser Zeit arbeitete ich noch in Moskau, war Mitarbeiter des Instituts für Ideologie und Politik der Kommunistischen Partei. Und nicht irgendein einfacher Mitarbeiter. Denn ich hatte die Konzeption vorangebracht, dass alle unsere kleinen Völkerschaften zu einem einheitlichen großen sowjetischen Volk verschmelzen sollten. Wie viele Gegner hatte ich da! Wie verunglimpften sie mich! Dafür halfen sie mir letzten Endes aufzusteigen, mein Name donnerte in der ganzen Welt.

Nun, was kann denn dümmer sein? Denken Sie selbst nach. Auf der Erde leben 1000 verschiedene Völker. Einige kann man sogar nicht Völker nennen, sondern nur Stämme, da sie nur einige hundert Menschen vereinigen. Um für sie eine Schriftlichkeit zu erschaffen, ihre Sitten und nationalen Besonderheiten zu erhalten, um alles daran zu setzen, dass sie auch weiterhin existieren als einzelne Völker, dafür muss man viele Milliarden ausgeben. Und hungern nicht deshalb auf dem Planeten immer noch Menschen? Breiten sich nicht dadurch noch weiter unbeherrschbare Krankheiten aus, kann man dadurch auch Armut und Analphabetentum überwinden? Die Menschheit braucht keine verschiedenen Religionen und eine Vielzahl von Sprachen, verschiedene Gesetze und Sitten. Auf der Erde muss eine Sprache für alle da sein. Es muss ein Volk sein. Und ein Gesetz für alle. Religionen? Dafür bedarf es keine Notwendigkeit. Denn sie trennen die Menschen besonders. Wie viele Mittel könnten gespart werden, wenn auf der Erde ein Volk existieren würde! Wenn sich die Menschheit in einem einzigen Weg entwickeln würde, könnte das auch klappen. Aber die Menschheit wächst nicht bis zu einem solchen Niveau und vernichtet sich selbst. Ich gebe mir alle Mühe, damit das geschieht. Ich bin überzeugt, dass der Mensch seiner Natur nach Kosmopolit ist. Schon im Schädel der Mutter. In einen Nationalisten verwandelt ihn die Gesellschaft.

In meinem Pass steht geschrieben, dass ich Lesge bin. Dennoch wollen wir nachdenken: was ist das, ein Lesge? Was hat er? Eine Sprache? Wofür taugt diese Sprache? Für wen und wann haben wir von ihr einen Nutzen? Und welche negativen Züge dann noch zum Charakter des Lesgen gehören: Habgier, Neid, Veranlagung zum Entehren, das Unvermögen miteinander zu lernen …

Und die positiven Seiten? Der Drang zum Wissen, Entwicklung des Gefühls der Gerechtigkeit, des Gewissens … Aber haben das andere nicht? Wenn man bedenkt, sind die negativen Züge für meine Konzeption wichtiger. Umso mehr negative Züge ein Volk besitzt, umso schneller verschwinden diese Völker. Mir scheint bisweilen, dass die kleinen Völker mit ihren Schicksalen an einen Menschen erinnern, der Gott seine Seele geschenkt hat. Entweder muss er schneller sterben, damit weniger Leiden geschehen, oder man muss ihm eine Bluttransfusion machen und ihn auskurieren.

Mich hat man nicht auf eine hohe Position gehoben, weil ich das Glück hatte, als Lesge geboren zu werden. Ich fuhr ins Heimatdorf und erwirkte eine Bescheinigung darüber, dass der und der, das heißt ich, nicht dort geboren wurde. Dann habe ich den Personalausweis verloren. Ich erhielt einen neuen, in dem angegeben war, dass ich ein Vertreter des vielzähligsten Volkes bin. Am neuen Ort gewöhnte man sich mit der Zeit an mein Aussehen, denn unter ihnen gibt es ganz verschiedene: schwarze, rote und sogar graue. Eine solche Frau nahm ich mir. Und begann Karriere zu machen. Im Land wurde ich berühmt als Begründer der neuen Lehre von der Verschmelzung der kleinen Völker in eine große Nation.

* * *

Ich als Philosoph muss der Menschheit den richtigen Weg in die Zukunft weisen, einen solchen Weg, der uns schneller und bei guter Gesundheit bis zum Ziel bringt. Dennoch ist in der Natur nicht alles so gebaut, wie es sein sollte. Bei ihrer Erschaffung hat sich ein Fehler eingeschlichen, daran gibt es keinen Zweifel. Wie hätte das sonst alles passieren können? Erinnert euch nur daran, wie viel und in welcher Vielfalt Pflanzen auf der Erde wachsen. Gleichzeitig aber sind die nützlichen von ihnen weniger lebenstüchtig, die wilden schlagen immer die kultivierten. Warum ist den wilden Pflanzen diese Kraft gegeben?

Seht die wilden Tiere. Sie sind stärker als die Haustiere, sie versammeln sich schneller in der Herde, fühlen stärker die Gefahr, die ihrem Geschlecht droht. Auch die Menschen haben dieses Gefühl verloren. Ja, es gibt zivilisierte Völker, aber bis heute sind Völker erhalten, die sich vom Herdeninstinkt durchs Leben leiten lassen. Die Nomaden. Wie viele Staaten haben sie zerschlagen, wie viele Zivilisationen ins Nichts geführt! Wie soll man diese Wildheit und Kultur vermischen? Wie ihre Träger in einem Volk vereinen, in eine homogene Nation? Dieses Hauptproblem muss die Philosophie lösen. Unter dem Eindruck dieses Problems des Universums wiederholen einige immer wieder: „Ich, ich!" und „Wir, wir!" Wie können wir sie zur Vernunft bringen? Auf welche Weise können wir erklären, dass die Muttersprache, das eigene Volk – dieses Verständnis charakteristisch für die Kindheitsperiode der Menschheitsentwicklung ist? Je nach der Stufe der Bewegung nach vorn werden sie durch solche Begriffe wie „Erhabenheit" oder auch mit „Universum" und „Kosmos" ersetzt.

*   *   *

Als ich im Heimatort meinen Nachweis erhalten hatte, dass ich nicht dort geboren bin, habe ich den letzten Faden zerrissen, der mich mit meinem Volk verband. Wenn ich mir die Sitten und Gewohnheiten dieser Leute vor Augen führte, wenn ich nachdachte, dass ich einst selbst einer von ihnen war, habe ich mich geschämt. Es fragt sich doch, warum haben sie sich so weit in den Bergen niedergelassen, konnten sie keinen anderen Platz suchen, näher zur Zivilisation und Kultur? Dort gibt es keine Wege, keinerlei Transport … Ich war völlig entkräftet, bis ich dorthin kam. Am nächsten Tag bin ich von dort geflohen. Es gab kein Gas, von einer Sauna hatten sie noch nicht einmal gehört. Es gab kein Geschäft und keinen Klub. Wie leben diese Menschen nur? Habe ich wirklich dort gelebt? Die Schule erinnerte vielmehr an einen Stall. Mein Vater war schon nicht mehr unter den Lebenden, sogar sein Grab längst eingeebnet.

So ist das Schicksal der Gräber, auf denen unansehnliche Grabsteine stehen. Sie verschwinden schnell. Aber wozu sind Gräber überhaupt notwendig? Wozu soll Platz für Tote bewahrt werden, wenn die Erde nicht für die Lebenden ausreicht? Richtig verhalten sich diejenigen, die die Leichname verbrennen … Meine Vorfahren waren Araber, sie kamen aus Jemen als Missionäre hierher, zur Verbreitung der Religion. Wozu brauchten sie diese Religion? Sie haben sich schon längst in Staub verwandelt, und ihre Arbeit bringt mir keinen Nutzen. Wer erklärt mir, warum ich meine Kraft für dieses Volk hergeben soll? Und versteht mich dieses Volk überhaupt? Wird es mich schätzen? Nein, es wird meinen Wert nicht kennen! Mir bleibt eins: Ich muss mich an dieser Erde rächen, und werde dieses Volk von der Erde vertilgen …

Nun, und damals wurde in meinem Kopf der Gedanke von der Verschmelzung aller Völker in ein Ganzes geboren. Am Institut, wo ich arbeitete, danach im Zentralkomitee der Partei hat man meine Idee für gut befunden.

Alle lief gut bei mir, wenn nicht meine Frau alles verdorben hätte …

Ich hatte noch vor der Hochzeit begriffen, dass sie eine von denen war, die das Beste am Rande suchen. Aber von ihrem Vater hing das Schicksal meiner Dissertation ab. Sie war ein hübsches Mädchen, von allen gestreichelt und leichtfertig. Aber ich wusste, dass ich ihr nicht in allem gefällig sein kann. Andererseits reichte meine Zeit nicht aus, um ihr die entsprechende Aufmerksamkeit zu widmen, und deshalb habe ich mich entschlossen – soll sie auf ihre Art leben. Eine junge, schöne Frau, voller Lebenskraft. Ich verstand: Die Natur wird sowieso das ihre fordern. Sogar eine Hündin kann man nicht ständig an der Kette halten. Und diese Hündin hat mir auch ein kleines Kind geboren. Von mir oder von einem anderen – das weiß ich nicht. Außerdem hat sie mein Haus in ein richtiges Hurenhaus verwandelt.

Einmal kehrte ich spät in der Nacht von einer Dienstreise früher als angegeben nach Hause zurück. Ich klingelte extra nicht, um die schlafende Frau nicht zu stören und öffnete mit meinem Schlüssel die Tür. Ich dachte, ich ziehe mich leise aus und werde unverhofft zu ihr ins Bett steigen, soll es für sie eine Überraschung werden. Ja, auch ich selbst hatte Sehnsucht nach einem Frauenkörper … Aber sie hatte mir selbst eine „Überraschung" vorbereitet, eine, die völlig nackt neben ihr lag. Aus diesem Schlafzimmer (ich versuchte keinen Lärm zu machen) bin ich sofort wieder hinausgestürmt. Am anderen Tag packte ich das Nötigste, ließ ihr alles andere zurück und erschien nie wieder.

Und es ist gut, dass es so gekommen ist. Wie die Russen sagen: Alles Schlechte hat auch sein Gutes. Ich erhielt eine Einladung aus Amerika, mir wurde vorgeschlagen, dort eine Reihe Vorlesungen zu halten. Ich zögerte nicht lange und begab mich hinter den Ozean. In Amerika heiratete ich ein zweites Mal, eine Spanierin mit Namen Rosita.

* * *

Ich habe die seltene Fähigkeit, Sprachen schnell zu erlernen. Ich weiß nicht, woher, aber wenn ich mich für irgendeine Sprache interessierte, dann reicht mir ein Monat, um sie mir anzueignen. Kaum hatten wir uns kennengelernt, studierte ich ihre Muttersprache. Ich muss ja wohl nicht erst von der Schönheit der spanischen Sprache reden! Ich fand das, was ich schon lange suchte: eine Sprache, die für die ganze Menschheit Muttersprache sein könnte. Ja, ich überzeugte mich, dass sich Spanisch in eine Weltsprache verwandeln müsste. Wegen dieser Überzeugung gingen meine Beziehungen mit dem Moskauer Institut, das mich zur Dienstreise nach Amerika geschickt hatte, in die Brüche. Denn in Moskau war schon lange eine Sprache für die ganze Menschheit ausgemacht worden. Aber in Amerika hatte man in dieser Frage auch eine Meinung, weshalb ich im Resultat dessen auch dort viele Feinde besaß und mit Rosita gezwungen war, in deren Heimat zu fahren, nach Honduras. Dort nahm man mich wie einen der ihren auf. Ich sprach in Vollkommenheit ihre Sprache und auch äußerlich sah ich den Einheimischen ähnlich. Mehr war nicht gefordert.

* * *

Was bedeutet Heimat? Wo es einem Menschen gut geht, dort ist seine Heimat.

Glücklich ist der, der nicht mit irgendeiner Gegend, die sich Heimat nennt, verbunden ist. Erstens ist er frei. Zweitens wird demjenigen das Herz nicht schmerzen, wenn etwas (was auch immer es sein mag) in der Gegend, die Heimat heißt, vor sich gehen mag. Soll passieren, was passiert. Du aber lebst für dich, hast einen Beruf, bist mit Arbeit versorgt, verfügst über genug Geld. Was braucht der Mensch noch!

Der Mensch ist dazu erschaffen, damit der sich selbst dient. Jeder muss für seine Zufriedenheit leben. Wenn du Geld hast, wird man dich achten, wird man mit dir leiden. Anders bist du doch niemandem nötig, oder? Sogar die Verwandten verlassen dich. Nur Geld geben dem Menschen Achtung und Freiheit. Geld gibt dem Menschen alles, alles, was er braucht. Das haben meine ehemaligen Genossen nicht verstanden, die jetzt meine Gegner sind. Hier erkennt man nur das Geld an, alles andere tritt in den Hintergrund. Hier denken alle zu allererst an sich, und erst danach an alle anderen. Im Säuglingsalter der Menschheit muss zwischen den Menschen das Gesetz des Dschungels herrschen. Sollen die Starken überleben. Sie legen die Grundlage des neuen Lebens.

* * *

Mit welchem Ziel ist der Mensch geschaffen worden? Um einige von der eigenen Sorte zu gebären? Um einen Baum zu pflanzen? Ein Haus zu bauen? Seinem Volk Nutzen zu bringen? Nein doch, nein! Das sind alles leere Worte. Diejenigen, die diese Worte auf ihre Fahnen geschrieben haben, glaubten selbst nicht an sie, und auch die Nachkommen glaubten nicht daran. Viele verstecken sich hinter diesen Worten und machen im Leben alles nach ihrer eigenen Anschauung. Das Leben ist einer riesigen Tafel mit reichhaltigen Speisen ähnlich. Jeder, der auf die Welt kommt, muss sich von diesem Tisch das nehmen, was ihm gefällt. Und man darf nicht zögern, das Leben ist schnelllebig. Und du darfst keinen Fehler machen, denn sonst nimmt ein anderer das, was dir zusteht. Und man muss gute Stosszähne haben für die Selbstverteidigung.

* * *

Ich habe keinen Freund und ich kann mit niemandem offen reden. Ich vermag sogar nicht, mit der Frau und den Kindern aufrichtig zu sein. Aber ich muss mich mit jemandem aussprechen, sonst werde ich irgendwann platzen, so fühle ich. Welche Trauer und welcher Strudel erfassen mich ab und zu? Ich habe mir beigebracht, nach der Methode Leonardos

33

zu schreiben, von rechts nach links und mit der linken Hand. Das ist nötig, damit sich niemand in meinem Geschriebenen zurechtfindet. Und das Eigene zu lesen ist nicht nötig. Ich schreibe nur, um das Gewicht meiner Gedanken zu erleichtern. Aber ich will nicht, dass irgendein anderer meine Aufzeichnungen liest.

* * *

Warum erschafft sich der Mensch einen Gott – ein Idol? Warum denkt sich die Menschheit vom Beginn ihrer Geburt eine Religion aus? Das ist zumindest an zwei Ursachen festzumachen: Erstens, der Mensch befindet sich noch auf einer niederen Stufe der Zivilisation. Er kennt sich noch nicht in den Geheimnissen des Daseins aus. Sogar die eigene Natur ist für ihn eine Truhe mit tausend Schlössern. Zweitens, der Mensch ist nicht frei. Er hängt von der Natur ab, von allem, was ihn umgibt. Und von seinen körperlichen und geistigen Bedürfnissen. Und, was am Verwunderlichsten ist, dass dem Menschen seine Unfreiheit liebenswert vorkommt. Der Mensch ist in einer solchen Stufe geknechtet vom Leben – von Sachen, Beziehungen, Bequemlichkeiten und allem Sonstigen, dass er früher aus diesem Leben ausscheidet. Es fragt sich, warum er diesen Willen, alle diese Abhängigkeiten braucht, wenn wir 70-80 Jahre leben, die uns gegeben sind, wovon 40 fruchtbar sind. Davon streichen wir die Periode der Kindheit und kopflosen Jugend, die Zeit, die wir im Schlaf und mit Krankheiten verbringen. Was bleibt dem Menschen? Was bedeutet solch ein Leben im Maßstab des Universums? Weniger als ein Augenblick. Und worin liegt der Sinn des Lebens, wenn sogar dieser Augenblick nicht nach dem eigenen Ermessen auszuführen ist?
Die Religion verspricht uns eine andere Welt, bitte, in diesem Leben haltet durch, aber in der anderen Welt werdet ihr euer Vollständiges bekommen. Für unsere Geduld und Ergebenheit. Gleichzeitig seht euch an, wie diese Diener der religiösen Kulte leben. Wenn Gott wirklich existiert, sieht er etwa wirklich nicht die Ungerechtigkeit auf Erden? Und kann er nichts machen? Oder will er nichts tun? Wenn er nicht kann, dann ist er schwach, das heißt, er ist nicht Gott. Wenn er nicht will, dann ist er in doppeltem Maße kein Gott …

* * *

Eine russländische Zeitung hat geschrieben, dass ich ein Verräter bin, die Heimat ausgeliefert habe. Welche Heimat habe ich verraten? Für was und wen? Wie kann man die Heimat verraten, wenn ein Mensch keine besitzt? Als man mich zur Dienstreise nach Amerika schickte, habe ich das Erforderliche dort vorgefunden. Es gab nichts, was mich zurückgezogen hätte. Die Familie war zerstört, die Frau war vermutlich schon wieder verheiratet, obwohl ich sowieso mit ihr nicht wieder zusammenleben wollte.

In Amerika eröffneten sich vor mir neue Perspektiven, ich erhielt die Freiheit des wissenschaftlichen Schaffens. Dennoch hat man mir auch da nicht gegeben, entsprechend meiner Möglichkeiten zu arbeiten. Ich musste in Rositas Heimat fahren. Natürlich, Honduras ist ein zurückgebliebenes Land, es entspricht nicht dem erheblichsten Grad unserer Wünsche, aber dort konnten wir ruhig leben.

Aber auch in Honduras gingen meine Angelegenheiten kreuz und quer. Wie sagen die Franzosen, alles hängt von der Frau ab …

* * *

Der Mann löst seine Probleme mit dem Verstand, und die Frau hört auf ihr Herz, entsprechend ihrer Gefühle.

In meinem ganzen Leben bin ich nicht ein einziges Mal mit einer fremden Frau zusammen gewesen, die Liebhaber solcher Sachen stehen auf einer Ebene mit dem Vieh. Wie viele kluge Männer, geachtete, gute Familienväter haben ihre männliche Würde verloren, indem sie in die Gefangenschaft fraulicher Reize gerieten! Die Frau formt aus dem Mann wie aus Wachs, was sie braucht. Ich habe viel gesehen, etliches durchgemacht. Schon meine erste Frau Anna sagte, dass ich im Bett als Mann zu nichts tauge. Beim Anblick einer entblößten Frau stelle ich mir eine ausgeschlachtete, enthäutete Kuh vor und werde von einer solchen Feindseligkeit ergriffen, dass sich die Erfüllung meiner männlichen Pflichten in ein schweres Problem verwandelt. Rosita hat in der ersten Zeit versucht, mir etwas beizubringen, weil es nach ihrer Überzeugung im Leben des Menschen nichts Wichtigeres als Sex gibt. Sie hätte sich gewünscht, dass der Mann Tag und Nacht mit ihr im Bett kämpft. Ich jedoch war ein ungelehriger Schüler. Je eifriger sie mich schulte, umso mehr erkaltete ich gegenüber diesem Lernen. Schließlich verstanden wir einander. Ich begann weniger Zeit mit ihr zu verbringen. Sie war sich selbst überlassen, und ich sah nur noch meine Arbeit.

* * *

Ich bin reich. Auf der Bank liegen einige Millionen Dollar auf meinem Konto, mein Haus ist voller teurer Kleinigkeiten. Ich besitze eine Bibliothek von seltenen und wertvollen Büchern … Wer wird das nach meinem Tod erhalten? Mein Sohn, den mir Rosita geschenkt hat, erfreut mein Herz nicht. Er weiß nichts anderes, als die Zeit mit Prostituierten zu verbringen. Er kommt ganz nach seiner Mutter! Soll ich alles so einem Menschen hinterlassen, was ich im Leben erworben habe? Er wird alles verkaufen, alles vergeuden! Der Undankbare …

* * *

Rosita hat mir ebenfalls eine Überraschung bereitet, sogar so eine, an die nicht einmal Annas Ausschreitung herankommt. Meine herzallerliebste Ehefrau hat mich mit Aids angesteckt. Sie hat mich selbst dazu überredet, eine Analyse machen zu lassen. Sie schluchzte, bat um Entschuldigung. Was sollte ich tun, die Tore abschließen, wenn der Esel schon weggeführt ist? Die Nachricht habe ich allerdings ruhig aufgenommen. Auch hat es mich diesmal nicht so schlimm getroffen wie damals, als Anna mir Hörner aufgesetzt hat. Ich wusste ja schon lange von Rositas Abenteuern. Aids – das ist sogar gut, eine andere Bestrafung wäre für sie sogar zu wenig gewesen. Und was mich angeht, so habe ich schon den Geschmack am Leben verloren. Wozu soll ich leben? Und wofür habe ich gelebt? Gibt es denn irgendeinen, der Mitleid mit mir hat? Nein, den gibt es nicht. Und selbst tut es mir um mein Leben auch nicht leid. Eines schönen Tages muss ich mich ja sowieso auf den letzten Weg begeben. Was gibt es für einen Unterschied, wann das passiert, heute oder morgen?

*   *   *

Wie gut sind diese Tage? Der Mensch weiß, dass er bald stirbt und bereitet sich vor zu gehen. Worum drehen sich seine Gedanken in diesen letzten Tagen? Wer Familie hat, denkt an die Familie, wer eine Heimat hat, denkt an die Heimat. Und woran soll ich denken? Rosita ist schon nicht mehr bei mir, die Arbeit kann mich nicht mehr fesseln …

Ich habe eine Russin geheiratet. Auch in meinen Pass habe ich schreiben lassen, dass ich Russe bin. Aber ich bin kein Russe geworden. Für die Russen, die sich aus 1001 Völkern herausgebildet haben, bin ich ein fremder Mensch zweiter Sorte. Obwohl sie mir das nicht ins Gesicht gesagt haben, aber ich habe das bemerkt …

Ich habe in Amerika gewohnt, habe die Sprache gesprochen, erfolgreich gearbeitet, aber ich habe mich ebenso nicht in einen Amerikaner verwandelt, auch dort hat man mich nicht in die Zahl der ihren aufgenommen.

Sogar in Honduras, wo Menschen wohnen, die mir ähnlich sind, blieb ich für alle ein Fremder. Sogar für meine Frau und das Kind wurde ich kein Verwandter. Sie besitzen die Gene der alten Indianer, und in mir fließt arabisches Blut. Ist es denn möglich, dass verschiedene Blutsorten in einer zusammenfliessen?

*   *   *

Im Alten Griechenland haben sich Philosophen blenden lassen, damit sie nichts störte nachzudenken. Sie nahmen an, dass der Mensch in erster Linie sich selbst erkennen muss. Meiner Ansicht nach ist es für einen Philosophen nützlich, wenn er sich mit einer unheilbaren Krankheit ansteckt. Zum Beispiel mit Aids wie ich. Denn die Menschen müssen so oder so sterben. Der Philosoph wird wissen, dass er wenig Zeit haben wird. Wie schade, dass ich manches sehr Wichtige nicht früher erkannt habe …

*   *   *

In der letzten Zeit sehe ich seltsame Träume. In den Träumen verwandle ich mich in einen geflügelten Fisch, schwebe am Himmel, und ich ersticke, kann nicht atmen.

*   *   *

Es wäre gut, wenn es wirklich (wie in religiösen Büchern geschrieben wird) eine jenseitige Welt gäbe. Aber das sind leere Worte, sie dienen dem Menschen wie der Schnuller für ein weinendes Kind …

Auf welchem Friedhof wird man mich beerdigen, wenn ich sterbe? Nach den Traditionen welcher Religion wird man die Sterbezeremonie vornehmen?

Ehrlich gesagt, es ist schwer vorzustellbar, dass mir ein Grab in Honduras bereit steht.

*   *   *

Die Menschen denken sich Religionen aus, aber ich habe keine Religion. Die Menschen denken sich eine Heimat aus, ich indessen besitze keine Heimat. Mir ist unverständlich, zu welchem Volk ich gehöre. Und wem sind meine Arbeiten vonnöten? Wem? Wem?!

Der keine Heimat hat, soll sich eine suchen. Wer zu keinem Volk gehört, soll sich eins finden … Aber was wird in einem solchen Fall mit meiner philosophischen Konzeption, denn das ist das Werk meines ganzen Lebens. Bedeutet das, alles war Lüge? Habe ich wirklich in meinem Leben etwas sehr Wichtiges aus dem Auge gelassen? Mein Herz kennt keine Ruhe … Etwas habe ich nicht verstanden …

*   *   *

Ich überlese das Werk meines Lebens: Völker, Menschen, deren Schicksal meine Konzeption Schaden zugefügt hat, könnt ihr mir verzeihen?

*   *   *

Ja, ich lösche auch meine Werke aus, und mein ganzes Leben. Ein langer Weg ist hinter mir verblieben, und vor mir liegt lediglich ein kleiner Abschnitt. Viele Fehler, und für ihre Korrektur ist bereits keine Zeit mehr. Ja, und wenn auch Zeit wäre, so kann man sie nicht wiedergutmachen. In einem solchen Fall müsste ich mich in einen anderen Menschen verwandeln, müsste ich ein anderes Herz haben, ein anders strukturiertes Gehirn … Jetzt denke ich an meinen letzten Tag, was ich früher niemals getan habe. Ich stelle mir vor, wie ich sterben werde, wie man mich beerdigen wird. Wo werde ich meine letzte Bleibe finden? Wird jemand Mitleid mit mir haben? Wahrscheinlich wird es einige geben, die über mein Ende froh sind. Oder erfährt niemand von meinem Ende? Das ist schwerer als alles. Sollen sie sich ruhig freuen, dass ich für immer gegangen bin, sollen sie mich nicht bedauern, sondern schadenfroh sein.

37

Aber ... Fühlt das Meer etwa, dass ihm ein Tropfen fehlt? Wird sich das Meer wegen eines Tropfens vermindern? Nein, das Meer bleibt Meer. Ja, warum habe ich früher niemals an das Ende meines Lebens gedacht? Mir schien es, dass der Tod, zu wem auch immer, eine Beziehung hat, nur nicht zu mir. Aber es ist doch schwerer aus dieser Welt zu gehen, als hierher zu kommen. Du kommst ohne Sünden, aber du gehst mit einer Bürde Sünden. Darin liegt die Philosophie des Lebens. Wer mehr Sünden hat oder wer weniger Sünden hat, das ist nicht wichtig. Sünde ist Sünde, sie kann nicht groß oder klein sein. Gibt es Menschen, die sündenlos aus dieser Welt gehen? Ich habe solche nicht getroffen. Aber in den Büchern wird über sie geschrieben. Also gibt es solche Sauberen, Heiligen. Aber haben sie wirklich auf dieser Welt gelebt? Und wie konnten sie sauber auf dieser sündhaften Erde bleiben? Hatten sie keine Wünsche? Stießen sie nie mit Abneigung sich selbst gegenüber zusammen? Und haben sie wirklich nur Gutes getan? Wem? Allen? Aber wendet sich nicht das Gute, was du dem einem tust, in Böses für den anderen? Bringt das Böse nicht immer Gleiches hervor? Gibt es ein gerechtes Mass, nach dem man das eine und das andere messen kann? Schwere Gedanken bedrücken mich. Worin kann ich einen Trost finden? ...

* * *

Alles Lebendige, angefangen vom letzten Käferchen, hat seinen Weg. Auch der Mensch. Auch das Volk. Alles wird geboren, es wächst, vermehrt sich und verschwindet. Von diesem Weg abzugehen ist niemandem gegeben. Irgendetwas ändern kann vielleicht gerade einmal Gott, wenn er existiert. Der Mensch soll sich nicht in seine Angelegenheiten einmischen, denn sonst wird er die größte Sünde auf sich laden. Und ich habe versucht, mich in das Werk des alleinigen wahren Schöpfers einzumischen.

Die, die sündenlos aus dem Leben geschieden sind, waren wahrscheinlich Götter, die vom Himmel ausgesandt worden sind, um uns zu beobachten. Aber vielleicht sind sie auf die Erde zurückgekommen, um ein zweites Leben zu leben? Um mit guten Handlungen die Sünden auszubaden, die sie im ersten Leben begangen haben. Wenn das so ist, beruhigt sich mein Herz etwas ...

* * *

In meinen sich wiederholenden Träumen schwebe ich als geflügelter Fisch am Himmel über einem Dorf in den Bergen Dagestans, an das ich früher niemals gedacht habe. Das ist das Dorf der Lesgen, dort wurde ich geboren und dort bin aufgewachsen. Aber ich habe mich niemals als Angehöriger des Dshemjajats dieses Dorfes gefühlt. Ich hatte dort keine Freunde und keine Kameraden. Die lesgische Sprache habe ich völlig vergessen. Aber warum sehe ich dann im Traum oft das weit entfernte lesgische Dorf? Warum ist es für mich so wonnig, es zu sehen? Wonnevoll und bitter … Ich, der im Leben nie geweint hat, wache mit Tränen in den Augen auf. Ich sehe das Dorf. Ich sehe meine längst verstorbene Mutter. War sie etwa keine Lesgin? Hat sie mich etwa nicht mit ihrer Milch gesäugt, mich nicht in einer lesgischen Wiege geschaukelt? Mama, Mama! Du bist gestorben, als ich noch klein war. Ich erinnere mich gar nicht einmal, wie du aussahst. Wahrscheinlich hast du so ausgeschaut wie alle lesgischen Frauen. Aber warum ist diese Erde dort für mich nicht heimatlich geworden? Warum, Mama, wurde deine Sprache für mich nicht zur Muttersprache? Wer trägt die Schuld? Die Vorfahren? Dieser fremdländische Strom in ihrem und meinem Blut? Aber wohin hat sich jetzt dieser Strom verkrochen? Warum füllen sich jetzt, sobald ich mich an das weit entfernte Bergdorf erinnere, die Augen mit Tränen? Warum fühle ich jetzt, dass es für mich im ganzen Universum nichts Teureres als dieses entfernte Dorf gibt? Wie es mich dorthin zieht, in die Berge! Denn nur dort ist meine Heimat, mein großes Volk – sind die Lesgen. Habe ich etwa bis jetzt nichts von ihrer ruhmreichen Geschichte und alten Kultur gelesen? Als es von einigen heutigen Völkern noch keine Spur gab, nahm eine Armee der Leken im Trojanischen Krieg teil – Heerscharen von Alu, Aras, Wili, Gir, Shuwan, Watsche und andere. Deren Namen sind für immer auf den Geschichtsseiten der Lesgen vermerkt. Lesgen haben im Jahre 43 durch den heiligen Apostel Jelisej das Christentum angenommen. Das ist 270 Jahre früher als Rom und Armenien! Die Lesgen gehören zu den wenigen Völkern, die noch im 3./4. Jahrhundert ihre Schriftlichkeit besaßen! Gab es etwa viele Völker mit solchen Dichtern, Wissenschaftlern, Denkern wie Dawtak Kartal, Mihifar Xas, Moisej Dashurantsi, Kriegsführer wie Haji Davud, Fetalichan, der Lehrer dreier Imama Muhammad Iaragski? Warum habe ich bisher nichts über meine eigenen Leute geschrieben? Nachdem die Araber gekommen waren, konnten sie im Zeitraum von drei-vier Jahrhunderten nicht das alles wiederherstellen, was jene auf der Erde meiner Vorfahren zerstört hatten. Die von ihnen verbrannten Bücher verschwanden für immer. Ich hatte viele Kenntnisse, ich habe weiter und tiefer geschaut als viele. Warum also schrieb ich nicht darüber, was ich wusste? Warum habe ich nicht wenigstens ein kleines Teilchen meines Lebens dem Volk gewidmet, das mich geboren hat? Ich wollte nicht … Nichts kann meine Schuld erleichtern. Aber heute, in diesem weiten Honduras, verneige ich mich vor diesem Volk. Vor diesem Volk? Nein, nein! Vor meinem Volk. Ich erinnere mich noch an meinen Vornamen, ich hieß Chanmurad. Ich erinnere mich an die Vornamen meines Vaters und meiner Mutter – sie hießen Gadis und Perichaum. Ich kann mich an viele lesgische Worte erinnern. Oh, ich erinnere mich an meine Sprache! Wie viele Jahre sind in der Fremde verstrichen, und dennoch erinnere ich mich an sie! In der Erinnerung verbleibt das Heimatdorf und alles darum herum. Solange ich lebe, würde ich gern wenigstens mit einem Auge auf die Ebene Antal, den Berg Nisin sehen und mich vor der Vogelquelle auf die Knie fallen lassen. Dann könnte ich ruhig sterben. Wenigstens einen solchen Augenblick …

Ich bin unendlich mit Schuld beladen vor dir, meinem Volk … Nimmst du mich auf? Nimmst du mich auf, meine Erde, lesgische Erde? Wenigstens wie einen nicht eigenen Sohn? Wirst du mir einen Platz an deiner Brust überlassen? … Meine Erde … Mein Volk …

Sedaghet Kerim

Ein bitteres Leben

Seit meiner frühesten Kindheit verblüffte mich eine Tatsache: Alle Bewohner von Kzar entsprachen geradezu erstaunlich den ihnen gegebenen Namen. Ob Mann oder Frau, alle hatten sie passende Namen. Wie wenn die Eltern das Schicksal ihrer Kinder vorausgeahnt hätten, als sie die Namen aussuchten, indessen die Kinder aufwuchsen und versuchten, ihren Namen alle Ehre zu machen.

Nehmen wir zum Beispiel Sajachanum, die in der Nähe meiner Großmutter lebte. In meinem Leben erlebte ich es kein zweites Mal, dass ein Mensch dermaßen im Einklang mit seinem Namen stand. Herr im Himmel, hatten ihre Eltern, als ihre Tochter das Licht der Welt erblickte, tatsächlich erraten, dass sie einsam aufwachsen würde, denn Sajachanum heißt nämlich: die Einsame (Frau)? Vielleicht nannten sie ihre Tochter aber auch so, weil sie selbst einsame Menschen waren? Bis zu ihrem nicht besonders hohen Alter wurde sie von allen, auch von den Kindern, mit ihrem Namen Sajachanum gerufen. Für sie fand sich – warum auch immer – kein Spitzname wie für andere. Immer umgänglich, gutmütig, kein bisschen hochmütig, mit ständigem Lächeln auf dem Gesicht, so eine Art Frau war sie. Niemand hatte je gesehen, dass Sajachanum zu laut gesprochen, mit jemandem sinnlos gestritten, widersprochen oder jemanden gekränkt hätte. Wenn sie von einer Person gerufen wurde, antwortete sie ruhig: „Ja, Tschan[6]“. Wenn sie um Hilfe gebeten wurde, sagte sie „sofort“ und begann die Angelegenheit in Angriff zu nehmen. Sie kannte kein Wort: nein.

Das große, blonde, grünäugige, blasse und schlanke Mädchen trug stets nur verblichene Kleidung, worin es hässlich aussah. Wer weiß, wenn sich

Sajachanum schön wie ihre Altersgefährtinnen gekleidet hätte, wie hübsch sie vielleicht gewirkt hätte. Sowohl winters als auch sommers lief sie in den gleichen alten Lappen herum. Wenn es im Herbst und im Winter kalt wurde, zog sie sich alle ihre Kleidungsstücke über, eins über das andere. Sie war so dünn, dass ihr heruntergekommener Körper in der Kleidung versank und sich verlor.

Meine Großmutter liebte Sajachanum besonders und rief sie unter verschiedenen Vorwänden zu sich, um das Mädchen zu herzen. Sie beschenkte Sajachanum gleichermaßen wie ihre Enkel und seufzte tief, wenn sie fortging. Großmutter pflegte stets zu sagen, die kleine Sajachanum ist erschienen, um die weite Welt in ihrem Leid und ihren Katastrophen zu trösten. Als sie ein Jahr alt war, erkrankte ihre Mutter schwer und starb einen Monat später. Ihr Vater heiratete eine andere Frau namens Faisat, die ihm in der Folge noch vier Töchter gebar. Die Stiefmutter schlug Sajachanum nicht, weil das Mädchen keinen Anlass dazu gab. Sie wuchs gehorsam auf. Sie – die nicht leibliche Tochter – nannte Faisat dennoch Mama.

Noch als Kind, als Sajachanum irgendwie von der Verwandtschaft erfahren hatte, dass Faisat ihre Stiefmutter ist, sehnte sie sich von Zeit zu Zeit nach ihrer leiblichen Mutter. Ihre Tage verliefen grau und trüb wie trockener Mist im Ofen dahin: Die Flamme ist da, aber sie erlischt nicht. Von Kindheit an war ihr bewusst, dass sich die Welt nicht zu ihrem Vorteil drehe, und so wurde sie vorzeitig erwachsen. Vom fünfjährigen Alter an beaufsichtigte sie die jüngeren Schwesterchen in der Wiege und mit den Jahren wurde sie zum Gerüst des Hauses. Tagsüber organisierte sie die Wirtschaft, in der Nacht schaukelte sie die Wiege. Morgens stand sie früher als alle auf. Niemand wusste, wie eine solche Ordnung im Haus zustande kam. Nichtsdestoweniger nahmen die Pflichten Sajachanums beständig zu: Brot backen, den Stall säubern, Teppiche reinigen, Reisig im Wald sammeln zum Heizen des Brotofens, das ganze Haus reinlich halten – Sajachanum übernahm ohne Widerrede überhaupt alle schwere Arbeit.

Das Mädchen besaß noch eine Besonderheit, durch die sie sich von den übrigen unterschied. Wenn sie nicht begrüßt und über ihre Angelegenheiten und Gesundheit befragt wurde, begann sie kein Gespräch von sich aus. Überflüssige Fragen stellte sie nicht: Sie war schüchtern. Wenn sie jedoch zu irgendeinem Sachverhalt gefragt wurde, antwortete sie kurzerhand freudig. Sie hielt sich von Menschenansammlungen fern und fand, wo sie auch war, eine Beschäftigung für sich. Manchmal, erschöpft von der Arbeit, entfernte sie sich unmerklich von den Leuten und erholte sich an menschenleeren Orten. Oft schlenderte sie einfach wie ein Schatten umher.

Für die Stiefmutter war sie wie eine Bedienstete. Vom Morgen bis zum Abend terrorisierte Faisat das Mädchen. Wenn ich bei Großmutter vorbeikam, hörte ich in der Nachbarschaft stets die Stimme von Tante Faisat und ihrer Stieftochter:

„Mein Mädchen Sajachanum."

„Ja, Mama."

„Treib die Kuh zur Herde!"

„Sofort."

„Mach Feuer im Haus!"

„Sofort."

„Die Teppiche müssen sauber gemacht werden!"

„Sofort."

„Bereite das Abendessen vor!"

„Sofort."

Eine andere Antwort kannte das Mädchen nicht. Jedes Wort von Faisat war für sie Gesetz. Sie ließ von ihrer Tätigkeit ab, mit der sie beschäftigt war, und wandte sich sogleich der Arbeit zu, die Faisat ihr übertragen hatte. Und mit welchem Eifer widmete sie sich jeder beliebigen Hausarbeit!

Als ob sie die Gedanken der Stiefmutter erraten könne, so war Sajachanum immer zur Stelle, wenn sie irgendetwas zu befehlen hatte. Sajachanum bat niemanden um etwas – nicht den Vater und auch nicht die Stiefmutter. Sie war damit zufrieden, was ihr die leiblichen Töchter von Faisat abgaben. Wenn Süßigkeiten für sie abfielen, verspeiste sie sie nicht sofort, sondern hob sie in ihren Rocktaschen auf. Später aß sie sie meist auch nicht selbst, sondern reichte sie gern ihren jüngeren Schwestern.

Von Kindheit an setzte sie sich später als alle an den Tisch, war verlegen und stand eher vom Tisch auf, bei weitem nicht gesättigt. Wenn die ganze Familie satt war, wartete sie keine Aufforderung ab, leerte den Tisch und spülte das Geschirr. Alle Bewohner des Hauses hatten sich schon daran gewöhnt. Niemand außer ihr befasste sich mit den häuslichen Arbeiten. Und – warum auch immer – nicht eine der Schwestern bedachte sie mit einem zärtlichen Wort und gab ihr zu verstehen, dass sie für sie keine leibliche war. Sajachanum dagegen brachte sich fast um, nur um ihnen gefällig zu sein.

Ihr Vater Alibeg war von früh bis spät außerhalb des Hauses beschäftigt. Ihn interessierten Haus, Familie und Kinder nicht besonders. Er war ein schweigsamer Mensch. Sajachanum war verwirrt von ihm, da er sich nicht wie bei anderen Menschen nur selten an sie wandte. Wenn der Vater nach Hause kam, ging das Mädchen in den Garten arbeiten, um ihm nicht unter die Augen zu treten. Je älter Sajachanum wurde, umso fremder wurden ihr nicht nur der Vater, sondern auch die Stiefmutter und die

Schwestern. Gerade einmal neun Jahre alt, hatte sie sich freiwillig die ganze schwere Hausarbeit auf die Schultern aufgeladen.

Sajachanum war es nicht vergönnt, mit Gleichaltrigen in der Schule zu lernen. Niemand im Hause dachte auch daran, dass sie die Schule besuchen müsse. Als die um zwei Jahre jüngere Schwester Sabigar sieben Jahre alt wurde, musste man auf Anordnung des Schuldirektors auch Sajachanum die Schule besuchen lassen. Wenn sie aus der Schule nach Hause kamen, beschäftigte sich Faisat eifrig mit ihrem Kind. Sajachanum jedoch, die ihre Schultasche so weit wie möglich wegwarf, begann im Haus herumzuwirtschaften. Und fürs Lernen blieb keine Zeit übrig. Ja, ihr war gar unwohl, Seite an Seite mit Sabigat zu lernen. Faisat beharrte auch nicht darauf.

Auch in der Schule ging Sajachanum den anderen Kindern aus dem Wege, spielte nicht mit ihnen, denn sie verstand, dass sie zwei Jahre älter als sie war. Wenn der Lehrer die Aufgaben erklärte, erfasste sie alles, aber Fragen zu beantworten, fiel ihr schwer. Sobald sie begann, die Aufgabe zu erläutern, vergaß sie vor Verlegenheit auch das, was sie gut wusste.

Der Lehrer verstand das und überhäufte sie nicht sehr. Die Handschrift des Mädchens war unordentlich. Von ihr geschriebene Buchstaben waren schwer zu entziffern. Dafür putzte sie jeden Tag ohne Aufforderung die Klassentafel mit einem feuchten Tuch und las das Papier vom Boden auf. Wenn sich die Kinder mal balgten, trennte sie sie wie eine Erwachsene. Deshalb verhielten sich ihr gegenüber alle ehrfurchtsvoll. Als Sajachanum die achte Klasse beendet hatte, kehrte sie nicht mehr in die Schule zurück. Und zu Hause beharrten weder der Vater noch die Mutter darauf, dass sie die Schule beendete. Jetzt übernahm sie alle Hausarbeiten. Sie musste sich um das Vieh, den Garten und das Gemüsefeld kümmern. Das alles war einfach nicht mit der Schule in Einklang zu bringen.

Die Schwestern Sajachanums wuchsen heran und wurden hübscher. Sobald sich Geld fand, kaufte Faisat neue Kleider und staffierte ihre zwei ältesten Töchter aus, und die alte Kleidung wurden den zwei jüngeren übergeben. Sajachanum jedoch, die sich niemals im Spiegel ansah, war in alten, von allen weggeworfenen Lumpen gekleidet. Dennoch nahm sie sie ohne Widerworte entgegen. Sajachanum liebte ihre Familie sehr: sowohl den Vater als auch die Stiefmutter und die Schwestern. Wenn jemand von ihnen erkrankte, wusste sie nicht ein noch aus. Sie sorgte sich ständig um sie, massierte ihnen den Rücken, rieb Ziegenfett in die Haut ein, bereitete Chinkal zu und nötigte sie, Knoblauch oder sauren Kornelkirschsirup zu essen. Das war ihre Lieblingstätigkeit. Sie beruhigte sich solange nicht, bis die Familienmitglieder gesund wurden und wieder auf die Beine kamen. Aber wenn sie selbst erkrankte, bat sie niemanden um Hilfe. Sogar mit

Temperatur lief und wirtschaftete sie im Haus herum. Die Krankheit verstand scheinbar, dass sie keine Zeit hatte zu kränkeln und verabschiedete sich schnell vom Mädchen.

So verging Jahr für Jahr, und Sajachanum wuchs heran und kam in die Jahre. Alle ihre Gleichaltrigen hatten schon längst geheiratet. Viele junge Männer hatten nach alter Sitte um Sajachanums Hand angehalten. Faisat jedoch beabsichtigte sie noch nicht zu verheiraten. „Ohne Sajachanum bin ich wie ohne Hände", sprach sie zu den Brautwerbern und hieß sie gleich am Tor umdrehen. „Wenn sich nicht ein vorteilhafter Ort auftut, werde ich sie nicht heiraten lassen", so dachte sie für sich. Ihre leiblichen Töchter jedoch begann sie eine nach der anderen zu verheiraten – deshalb vermehrten sich bei Sajachanum die Mühen: Sie musste den Schwestern die Mitgift vorbereiten. Sie begann wie eine siebenfache Mutter, die bereits alle verheiratet hat, die Sache in Angriff zu nehmen: Sie krempelte die Ärmel hoch, säuberte und wusch Wolle, trocknete sie, kämmte sie, steppte Matratzen und Bezüge.

Im Haus wurde eine Hochzeit nach der anderen gefeiert. Die ganze Bewirtung zu den Feierlichkeiten bereitete Sajachanum vor. Nach der Hochzeit war das Geschirr zu spülen, das Haus aufzuräumen – alles war ihr auferlegt. Sie nahm sich auch mit Vergnügen dieser Tätigkeiten an, weil sie sich ehrlich für ihre Schwestern freute und ihnen Glück wünschte. Obwohl die Beziehungen zu ihren Schwestern gespannt waren, liebte Sajachanum sie, weil sie sie von Kindheit an umsorgt hatte. Von außen sah es so aus, als würde sie ihre eigenen Töchter verheiraten, die sie selbst geboren hatte.

Schon nannte keiner mehr den Namen Sajachanum als Brautkandidatin, alle hatten auch schon vergessen, dass so ein unverheiratetes Mädchen noch existierte. Jetzt wurde sie bereits als erwachsene Frau gesehen, als wenn sie „in die Jahre gekommen" geboren worden sei. Viele dachten auch, na ja, sie ist wohl auch nicht ehrwürdig, diese Sajachanum. Wer kannte ihr Herz? Niemand begriff, dass ihr Liebe und warme Gefühle nicht fremd waren, dass auch in ihrem Herzen die Flamme der ersten Liebe loderte. Diese Flamme war, offen gesagt, zufällig aufgeflammt.

Eines Abends, als sie nach der Bearbeitung der Bohnen im entlegenen Garten durch den Wald zurückkehrte, erblickte Sajachanum auf der Erde einen Mann. Als der Mann sie sah, fragte er:

„Schwester, könntest du mir nicht helfen?"

„Sofort", antwortete Sajachanum und lief hin.

„Schwester, ich habe, denke ich, mein Bein gebrochen", sagte er traurig und zeigte auf sein rechtes Bein.

Als Sajachanum sein krankes Bein berührte, winselte er auf.

„Zwei-drei Tage darfst du nicht auf den Beinen stehen, du musst es unbedingt stilllegen", brachte Sajachanum in ihrer Art leise hervor.

„Ich bin Archäologe, laufe schon seit einer Woche in dieser Gegend herum. Heute sollte ich mich nach Baku aufmachen. Was soll ich nur tun?", äußerte der Mann verlegen und hilflos. Dann fügte er hinzu:

„Ich liege hier schon ungefähr zwei Stunden und habe niemanden getroffen. Gott sei Dank, dass du hier vorbeigekommen bist. Ich gebe dir Geld, bezahle jemanden aus deinen Bekannten, dass er mir hier aus der Patsche hilft." Er zog Papiergeld aus der Hosentasche und wollte es dem Mädchen reichen.

Sajachanum lächelte und wies seine Hand samt Geld zurück:

„Bevor ich hin- und zurücklaufe, wird es Nacht. Bald wird hier überall Wolfsgeheul zu hören sein. Gott behüte, hier auf Wölfe zu stoßen – da bleibst du nicht heil."

„Was soll ich denn dann tun?", der Mann war verzweifelt.

„Sofort", sagte Sajachanum, kauerte sich hin und hob ihn mit Hilfe ihre Schulter auf die Beine. Dann lud sie ihn hastig wie ein Kind auf ihren Rücken. Alles das geschah innerhalb eines Augenblicks. Der Mann konnte noch nicht einmal mit der Wimper zucken. Er war nur verlegen und kreischte auf.

Sie antwortete ruhig: „Es gibt keinen anderen Ausweg, Bruder, wir müssen uns rechtzeitig auf den Weg machen."

Der Mann war ganz durcheinander. Er hatte auf keinen Fall so viel Kraft bei dieser dünnen Frau erwartet. Sajachanum aber war unsagbar glücklich. In ihrem Herz ergoss sich ein ihr selbst unerklärliches Gefühl. Vom Glück beschwingt empfand sie eine enorme Stärke in sich.

Sie gingen und legten fortwährend eine Ruhepause ein. Ruchsat, so hieß der Mann, berichtete Sajachanum von sich. Er erzählte, dass er 34 Jahre alt sei, unverheiratet, dass er das Institut in Baku absolviert habe und dort wohne.

Sajachanum hörte ihm zu und bat im Herzen zu Gott, dass dieser Weg niemals enden würde. In ihrem Leben hatte es keinen besseren, bedeutenderen und denkwürdigeren Augenblick gegeben. Vom Körper des Mannes, den sie zum ersten Mal im Leben gesehen hatte, ergoss sich ein Feuer in ihren Körper. Sie konnte überhaupt nicht begreifen, was dies für eine Flamme war. Eines stand zweifelsohne fest: Diese Glut fügte ihr keine Schmerzen zu, sondern rief Gefühle hervor und erweichte das Herz.

In ihrem ganzen Leben passierte es zum ersten Mal, dass sie einem Mann so nah war. Es war auch noch nicht einmal klar, ob sie irgendwann mit irgendeinem Mann überhaupt ganz oberflächlichen Umgang gehabt hatte. Nein, so etwas war noch nie passiert. Auf der ganzen Welt war der einzige

Mann, den sie von Nahem gesehen hatte, mit dem sie in Verbindung stand, ihr Vater gewesen. Den Vater vergötterte, verehrte sie und gleichzeitig hatte sie Angst vor ihm. Sie widersprach dem Vater nie, so etwas wäre ihr niemals in den Kopf gekommen. Dennoch konnte sie sich nicht daran erinnern, dass sie mit dem Vater irgendwann einmal vertraulich geredet hätte. Und auch der Vater unterhielt sich niemals mit ihr. Mit den anderen Töchtern wechselte er auf seine Art, finster dreinschauend, wenigstens einige Worte, aber dass er noch eine Tochter besaß, Sajachanum, und dass er sich auch für ihr Leben und ihren Zustand interessieren müsste, das kam ihm nicht in den Sinn. Nur wenn er jemandem irgendeine Aufgabe übertragen wollte, dann erinnerte er sich an Sajachanum.

Ja, das war der erste Mann, den sie berührte. Schon allein bei diesem Gedanken fühlte sie sich sonderbar. Die Wangen und die Lippen des Mädchens glühten gewissermaßen.

Erst in der Dunkelheit kamen sie zu Hause an. Als die Türen zurückschlugen und Sajachanum mit einem unbekannten Mann ins Zimmer trat, schrie Faisat nur auf.

„Ach-ach, du unglückliche Sajachanum, was für einen Menschen hast du denn da hergeschleppt?", sie riss verwundert die Augen auf und blickte auf Sajachanum.

Aber Ruchsat kam dem Mädchen zuvor. Verlegen erzählte er der Frau, was ihm passiert war. Während sich die Stiefmutter mit dem Gast bekannt machte, bereitete Sajachanum ihm einen Platz im Kaminzimmer, damit er sich hinlegen konnte, entfachte das Feuer und knetete Teig. Dann führte Sajachanum den Gast ins Kaminzimmer, legte ihm den vermengten Teig auf das Bein und umwickelte es mit einem warmen Handtuch.

„Zwei Tage musst du hier in Ruhe liegen, dann kannst du langsam aufstehen."

Sie sagte diese Worte so, dass Faisat vor Schreck erstarrte. Bis jetzt hatte noch niemand gehört, dass Sajachanum etwas laut gesprochen oder um etwas gebeten hatte. Kein einziger Mensch war je zu ihr zu Gast gekommen. Sajachanum besaß weder Vertraute noch Freunde. Daran hatten sich alle schon gewöhnt. Zum ersten Mal brachte sie jemanden mit nach Hause, und dann war das noch nicht einmal eine Frau, sondern ein Mann.

Zwei Tage kümmerte sich Sajachanum um den Gast, machte alles, was sie sich erlauben konnte. Sie fragte bei der Stiefmutter um Erlaubnis, ein Huhn zu schlachten und kochte eine Hühnersuppe. Danach deckte sie den Tisch. Um zu sparen, aß sie selbst nicht. Ständig trug sie dem Gast Tee auf. In diesen zwei Tagen hatte sie sogar keine Zeit, sich ein wenig auszuruhen. Ohne große Worte stand sie dem Gast zu Diensten.

Am dritten Tag nahm Sajachanum eigenhändig den Teig vom Bein des

Gastes ab, stützte ihn und half ihm, sich auf die Beine zu stellen. Sie stand da und schaute zu, wie Ruchsat ging. Bis zum Mittagessen lief sie noch hinter ihm her. Als sie sah, dass er sich, zwar noch humpelnd, auf den Beinen hielt, eilte sie zum Nachbarssohn und bat ihn, den Gast in die Stadt zu fahren.

Als sie sich verabschiedeten, reichte Ruchsat Sajachanum die Hand, schaute ihr in die Augen und sagte:

„Sajachanum, ich stehe tief in deiner Schuld. Das, was du für mich getan hast, werde ich niemals vergessen. Du bist ein sehr gutes Mädchen. Gott beschütze dich!", dabei küsste er sie auf die Wange.

Besser wäre gewesen, er hätte sie nicht geküsst. Dieser Kuss – ach, was hatte er bloß angerichtet! Die Wange Sajachanums, wohin er sie geküsst hatte, glühte. Es war, als wenn sich seine Lippen ganz fest an ihrer Wange angehaftet hätten.

Als sich Faisat und Sajachanum verabschiedet hatten, ging Ruchsat humpelnd zum Auto und setzte sich hinein. „Jetzt wird der Wagen fortfahren und ich werde Ruchsat niemals wiedersehen", dachte Sajachanum im Innersten. Ihr schien, dass das Herz in ihrer Brust früher oder später mit einem großen Krach zerspringen müsse. Sie wollte Ruchsat noch einmal von Nahem sehen, ihm noch etwas zum Abschied sagen.

„Mach dir keine Gedanken, dass du jetzt humpelst, mach dir keinen Kopf, dass das Bein noch schmerzt. Das geht alles nach ein-zwei Tagen vorbei", sagte sie noch von da aus, wo sie stand.

Ruchsat schaute aus dem Wagenfenster, blickte zu ihr hin, lächelte und winkte.

Das Auto fuhr los, es wirbelte Staub über den Dorfweg auf und fuhr an den Häusern in Richtung Stadt. Unerwartet erfaßte Sajachanum ein solches Gefühl der Vereinsamung, dass ihr schien, das Dorf sei nicht ihr Dorf, und die Menschen seien nicht ihre Menschen, ja, als ob selbst Sajachanum nicht die frühere wäre. Alles veränderte sich in einem Augenblick bis zur Unkenntlichkeit. Plötzlich wollte sie laut schluchzen. Sie hatte lange nicht geweint. Die Einsamkeit, das Unglück und schlechte Schicksal hatten schon längst ihre Tränen ausgetrocknet. In der ganzen Welt gab es keine Seele, die sich über sie gefreut hätte, die sie als nahestehend angesehen hätte. Sie war immer und bei allem bereit, einen Gefallen zu tun, nach ihr jedoch erkundigte sich keiner. Es kam vor, dass sie, wenn sie sich erkältete und fröstelte, mit den Augen blinzelte und über die Vögel im Himmel nachdachte. Der größte Traum Sajachanums war, Flügel zu haben. In Gedanken flog sie immer als verwandelter Vogel am Himmel herum. Von dort auf die Menschen auf der Erde zu schauen – das war ihr leidenschaftlicher Wunsch. Keine anderen Fantasien kamen ihr in den Kopf.

Sajachanum bedeckte die heiße Wange mit der flachen Hand, ging unbemerkt in den Garten und warf sich auf das Gras hinter dem Heuschober, damit sie keiner sehen konnte. Sie schluchzte lautlos. Nicht Tränen tropften aus den Augen, sondern kleine Graupelkörner. Sie konnte nicht einhalten. Und versuchte es auch nicht. Zum ersten Mal in ihrem Leben empfand sie den Geschmack der Liebe. Dieses Gefühl verdrängte alles aus dem Gedächtnis, was bisher mit ihr geschehen war. Die Gedanken des Mädchens waren nur noch bei Ruchsat. Sein lächelndes Gesicht, die Borsten auf dem Gesicht, sein dichtes pechschwarzes Haar, die strahlenden Augen – alles erschien ihr ständig vor den Augen. Etwas anderes sah sie schon nicht mehr und erinnerte sich an nichts. Alles, was nicht Ruchsat betraf, war zweitrangig, drittrangig, zehntrangig.

Jedes Wort, das Ruchsat gesagt hatte, jede kleine Unterhaltung mit ihm waren ihr im Gedächtnis hängen geblieben. Sie sprach sie flüchtig vor sich hin, als wenn es auswendig gelernte Zeilen eines Gedichts oder Worte irgendeines Liedes seien. Die Art Ruchsats zu sprechen, zu schauen, sich zu bewegen, seine Kleidung, sogar seine Schuhe – alles war ihr teuer. Wie sorgfältig sie seine Schuhe geputzt, wie sie gewaschen und seine Socken zum Trocknen aufgehängt hatte. Wie sie heimlich, damit es niemand sah, zärtlich mit der Hand über sie fuhr. Jetzt, da sie sich an alle diese unbedeutenden Kleinigkeiten erinnerte, war ihre Kehle wie zugeschnürt. In diesem Weilchen flimmerte alles, was passiert war, vor ihren Augen wie in einem Kinofilm vorüber.

Ungefähr eine Stunde weinte Sajachanum im Gras ausgestreckt im Garten. Da sie niemandem etwas galt, lenkte auch keiner die Aufmerksamkeit auf sie. Sie hatte es gut gelernt, ihren Platz zu kennen. Sie verstand, dass sie nur ein zufälliger Mensch auf dem Weg dieses seltsamen Gastes gewesen war. Er war so ein stattlicher, so ein gebildeter Mann. Konnte sie sich ihm etwa gleichstellen? Ruchsat würde wohl eher nicht an die schon nicht mehr junge, man könnte auch sagen alte Jungfer denken – da gab es keinen Zweifel! Dieser Gedanke zerriss Sajachanum das Herz noch stärker. Er zerfetzte sie so, dass die Frau nicht ein noch aus wusste. Wo waren ihre frühere Kühnheit und einstige Festigkeit? Sie konnte sich schon nicht mehr wie früher an die Arbeit machen.

Seit diesem Tage hatte Sajachanum ihren Kopf verloren. Sie veränderte sich zusehends. Sogleich ging sie nicht mehr mit der ehemaligen Haltung. Sie konnte es nicht mehr, sogar wenn sie sich sehr bemühte. Das Mädchen war erschüttert worden. Und jetzt war ihr, die ohnehin die Genüsse des Lebens nicht kannte, alles überhaupt völlig gleichgültig. Sie verwandelte sich in einen lebendigen Schatten. Manchmal fasste sie sich ans Herz, aber niemand beachtete das, ja und auch sie selbst maß dem keinerlei Bedeutung zu und klagte nicht. Sie war es nicht gewöhnt zu zetern und überhaupt über sich zu sprechen. Wegen des ewigen Durcheinanders und der Rennerei war sie schnell gealtert. Mit ihren dreißig Jahren sah sie gar schon wie fünfzig aus.

Alle ihre Schwestern waren verheiratet und hatten Familien gegründet. Aber Sajachanum vertrieb sich wie ehedem zusammen mit den Eltern ihre Tage. In ihrem Leben änderte sich nichts. Dasselbe Haus und dieselbe Wirtschaft, die gleichen Sorgen und Mühen, immer die gleichen Tätigkeiten. Tage und Nächte huschten nacheinander wie eine Kette vorbei.

Jeden Abend saß sie nach allen Hausarbeiten in der Ecke, legte den Kopf auf die Knie und schloss die Augen. Sajachanum träumte. Das waren die glücklichsten Minuten ihres Lebens. Der Beherrscher ihre Fantasien – Ruchsat – besuchte sie dann. So konnte sie stundenlang ohne sich zu regen sitzen. Sie schaute Ruchsat in die Augen und hörte seine Stimme.
Sajachanum war kein undankbarer Mensch. Sie blieb zufrieden mit ihrem Schicksal, wenn auch nur dafür, dass das Schicksal ihr die Gelegenheit geboten hatte, mit Ruchsat bekannt zu werden. Sie dankte dem Allerhöchsten, dass er ihr die Möglichkeit gegeben hatte, sich ganze drei Tage um ihn zu sorgen, seine Stimme zu hören, sein schönes Gesicht zu sehen, zu beobachten, wie er isst, wie er trinkt, wie sein Kopf auf dem Kopfkissen liegt und der Blick auf das Fenster in die Weite gerichtet ist. Wenn nicht das alles – was für ein unansehnliches Leben hätte sie durchlaufen! Hätte sie sonst erfahren, was Liebe und Liebesqualen sind?

Die Tage, die Monate, die Jahre vergingen und ihre Fantasien weiteten sich aus. Jetzt spielten sie in den Träumen bereits Hochzeit, Sajachanum heiratete Ruchsat in einer weißen Hochzeitstracht mit einem Brautschleier aus Seide. Nun war Ruchsat schon ihr Mann, sie hatten ein Haus und darin wuchs eine Horde Kinder auf. Sajachanum liebte alle ihre Kinder. Manchmal ordnete der Mann ihr das Stirnhaar und streichelte sie. Ach, wie glücklich war Sajachanum in solchen Momenten! Den Kindern kochte sie alle möglichen Speisen und wusch ihnen die Wäsche. Wenn sie müde war, ging sie in den ganz und gar mit Blumen bepflanzten Garten, und erholte sie sich dort. Sajachanums Verhältnis zum Leben veränderte sich. Sie versuchte schneller ihre Aufgaben zu erledigen, um sich dann in die Ecke zu verkriechen. Als ob sie dorthin auf die Arbeit eilte – in ihr aus Träumen gebautes Haus.

Eines Tages starb ihr Vater. Dieser Umstand betrübte unsagbar ihr Herz. Lange kam sie nicht zu sich. Sie hatte den Vater sehr geliebt.

Jetzt lebten sie im Haus zu zweit – die Stiefmutter Faisat und die Stieftochter Sajachanum. Zwei Jahre später kam die Stiefmutter zum Liegen. Sajachanum umsorgte sie wie ein Kind. Nachts schlug sie ihr Nachtlager neben ihr auf, für den Fall, dass sie tief schläft, die Stiefmutter aber irgendetwas benötige, damit sie leichter zu wecken sei.

Sajachanum sah älter aus als ihre Stiefmutter. Sie begann schon schlecht zu sehen und konnte keine Nadel mehr in den Händen halten. In der letzten Zeit, wenn sie im Haus herumwirtschaftete, begann sie schnell zu ermüden. Dennoch räumte sie nach wie vor das Haus auf, hielt eine Kuh und besorgte den Garten.

Eines Tages lag Faisat drei Tage krank da – sogar einen Schluck Wasser konnte sie nicht zu sich nehmen. Sajachanum wurde Angst, als ob die Wände auf sie herunterfallen würden. Die Stiefmutter war in dieser Welt die letzte Stütze geblieben. Von den Schwestern liebte sie keine innig, alle verschmähten die ältere Schwester. Sie konnten sie weder ersehen noch hören. Wenn sie das Vaterhaus besuchten, ignorierten sie Sajachanum in jeglicher Weise. Ebenso wie Faisat wandten sie sich ihr wie einer Dienstmagd zu. Und Faisat machte den Töchtern deshalb nie einen Vorwurf oder tadelte sie nie.

Die immer ruhige Sajachanum mass dem keine Bedeutung zu. Je mehr sich die Schwestern von ihr abwandten, umso mehr sorgte sich Sajachanum um sie.

Die Schwestern brachten ihr alle Arbeiten, die in deren Häusern anfielen, seien es handgewebte Teppiche oder Teppichbrücken zum Waschen oder Matratzen zum Säubern und beauftragten sie damit. Sajachanum lehnte nicht ab. Sie gab den Schwestern alles gewaschen, gesäubert und getrocknet zurück. Wenn diese zufrieden waren, freute sie sich auch selbst – die Befriedigung der Verwandten beflügelte sie. Der Sinn ihres Lebens bestand aus solchen kleinen Freuden.

Die Schwestern waren auch noch glücklich darüber, dass Sajachanum ihre Mutter wie ein Kind versorgte. Sie sahen, dass sich Sajachaum alle Tochterpflichten aufgebürdet hatte und besuchten deshalb das Vaterhaus nur hin und wieder.

Diese drei Tage zogen sich wie drei Jahre dahin. Tag und Nacht betete Sajachanum für die Gesundheit der Stiefmutter. Nach den drei Tagen erholte sich die Stiefmutter und kam wieder zu sich. Als sie die Augen öffnete, erblickte sie die an ihrem Kopfende stehende Sajachanum. Plötzlich brach sie in Tränen aus, bewegte mit Mühe und Not ihre kraftlosen Arme und streckte sie ihr entgegen.

Sajachanum verstand nicht, was sie wollte. Doch die Frau sprach mit zitternder Stimme:

„Sajachanum, komm näher zu mir!"

Sie beugte sich nieder. Die Frau umarmte sie und küsste sie auf die Wangen.

Sajachanum wusste nicht, wie ihr geschah. Sie erstarrte, traute ihren Augen und Ohren nicht. Sie hatte von ihrer Stiefmutter niemals solch eine Zärtlichkeit erwartet. Diese war mit Liebkosungen nicht so schnell bei der Sache. In ihrem ganzen Leben hatte die Frau nicht ein einziges Mal ein zärtliches Wort an sie gerichtet, nicht einmal sogar den Kopf gestreichelt. Ihre Töchter hatte sie ständig mit Zärtlichkeiten überschüttet, aber für Sajachanum fand sie nicht einmal die einfache Anrede „Tschan", weder als Kind noch als sie schon erwachsen war. Jetzt wollte die alte Frau ihr aus irgendeinem Grund geheime Gefühle bekunden.

Sajachanum wusste nicht, wie sie sich benehmen sollte. Traurig schaute sie auf diese alte, an das Bett gefesselte, kraftlose Frau. Sie konnte ihre Gedanken nicht verstehen, nicht die Wünsche ihres Herzen begreifen. „Das ganze Leben hat sie mich schlecht behandelt, und was ist nun los?", dachte sie für sich und wurde verlegen. „Wozu sollten diese Zärtlichkeiten jetzt gut sein?"

Faisat schaute flehend in die Augen ihrer Stieftochter. Es kann sein, dass sie zum ersten Mal über das Schicksal Sajachanums nachgedacht hatte. Vielleicht war keine Zeit gewesen. Eine fremde Frau hatte sie geboren und ihr untergeschoben, aber sie hatte sie doch aufgezogen: Ja, es war keine Zeit, vielleicht. Vielleicht erriet sie erst jetzt, dass sie sich hätte zu ihren Kindern und zur Stieftochter gleich verhalten sollen. Vielleicht erkannte sie erst jetzt, das gerade das die Ursache des Unglücks dieses bedauernswerten Mädchens war, das sich von frühen Jahren an verwaist in ihrer Obhut befand. Dieses Mädchens, das niemals widersprach, alles sofort ausführte, nicht ohne einen Grund aus dem Haus ging, sich aber auch kein Nest bauen konnte; diese Sajachanum, die nicht heiraten konnte und im Elternhaus alt wurde. Aber warum hatte sie das erst jetzt erkannt? Warum hatte sie sich früher nicht einmal dafür interessiert, was ihr auf der Seele lag? Ein Stein wäre weich geworden – warum nicht sie? Warum hatte sich in ihrem Herzen in Bezug auf dieses unglückliche Mädchen nichts gerührt? Faisat – weshalb war sie härter als Stahl gewesen? Vor den Augen der Frau liefen verschiedene Bilder des Lebens Sajachanums ab. Immer mit Arbeit beschäftigt, niemals hatte sie jemanden um etwas gebeten, nie beschwerte sie sich, haderte niemals mit ihrem Schicksal und wohnte in einem großen Haus, in einer großen Familie – vielleicht waren alles Unglück und die Ruhelosigkeit dieses Mädchens durch die Schuld von Faisat entstanden? Ein anderer Mensch streichelt und gewährt sogar einer Katze oder einem Hund, der sich in der Nähe befindet, Obdach. Wie konnte es passieren, dass dieser Unglücksmensch gleichsam einsam blieb und niemandem vonnöten war, warum bloß?

Faisat schaute unverwandten Blicks auf das ausgemergelte, faltige Gesicht Sajachanums. Als ob sie sie zum ersten Mal sehen würde. Und zum ersten Mal wollte sie offen mit ihr reden.

Sie erinnerte an die Zeiten, als sie ihre erste Tochter Sagibat geboren hatte. Das war, als Sajachanum drei Jahre alt war. Faisat hielt Sagibat auf den Armen, und Sajachanum zupfte an ihrem Rockzipfel. Faisat wurde böse und schrie das Mädchen an: „Lass mich in Ruhe!"
Das Mädchen stolperte und schlug sich den Kopf an einem Stein auf. Sie erbleichte und erstarrte. Faisat nahm sie bei den Händen – erst dann kam Sajachanum zu sich und begann zu weinen. Seit diesem Tag hatte sie sich nicht wieder an den Rockzipfel der Stiefmutter geklammert.

Die Frau erinnerte sich erregt an diese Szene. Das Herz zog sich zusammen, als wenn es gerade erst passiert wäre. Das Herz begann zu schmerzen, sodass sie sich nur mit Müh und Not im Bett aufsetzen konnte. Sie ergriff Sajachanums Hände und schrie:

„Sajachanum, es schmerzt mich, dein bitteres Leben zu erkennen!"

Sajachanum schaute mit ihren schon lange schlecht sehenden, eingefallenen Augen auf sie und brachte kein Wort heraus. Sie verstand nicht, was vor sich ging. Aus irgendeinem Grund erwachte in ihr Gereiztheit, als sie die ungewöhnliche Verwirrung ihrer Stiefmutter sah. Solche Worte waren selten zu hören gewesen und deshalb fühlte sie sich wie auf glühenden Kohlen. Jetzt wollte sie nur noch eins: dass ihre Stiefmutter schneller gesund würde und auf die Beine käme. Ansonsten könnte Sajachanum nicht das Haus versorgen, alles war auf den Kopf gestellt.

Faisat schien diese Gedanken zu erraten und streckte sich auf dem Bett aus. Jetzt wünschte sie nichts mehr als eine gute Beziehung zu Sajachanum. Ihr dürstete nach einem lieben Wort. Ihre eigenen Kinder waren sämtlich irgendwohin ausgeflogen. Ihre vier Töchter – keine von ihnen machte sich einen Kopf um die Mutter, so sehr sie es auch wollte, niemand interessierte sich für sie, kein Gruß, keine Antwort kam von ihnen. Ihre Kinder waren gleichgültig. Jedes lebte für sich, nur für seine Familie, für sein Haus. Jetzt erkannte die Frau, was Verlassensein und Einsamkeit bedeutete. Sie suchte nach einer Antwort, warum alles so passiert war. Und, es schien, sie fand sie. Es schien, sie begriff, womit sie gesündigt hatte.

„Sajachanum, sag mir die Wahrheit, hast du mich verflucht? Warum sind denn sonst alle meine vier Töchter so gleichgültig und entfernt von mir?

Sajachanum konnte nicht hassen. Und verfluchen – so etwas wäre ihr nicht in den Kopf gekommen. Deshalb schaute sie nur verwundert auf die Frau. Dieser Blick hatte viele Bedeutungen. „Was sprichst du da, wie kannst du so etwas nur denken?", schien dieser Blick zu sagen. Aber das Mädchen brachte kein Wort heraus – sie schaute nur und verließ das Zimmer.

Etwas später brachte ihr Sajachanum, als wäre nichts gewesen, Tee:

„Trink, danach wird es dir besser gehen."

Die Alte schaute verwundert, mit weit geöffneten Augen auf sie und suchte Mitleid in den Augen des Mädchens. Es war das erste Mal, dass Sajachanum mit einem solch kalten, gleichgültigen Blick schaute. Ihre Augen ähnelten Eisbergen. Die Alte sah in sie hinein, und ein Schauder lief ihr über ihren Körper.

„Warum pflegst du mich so eifrig, bist du nicht schon müde? Warum liebst du dich nicht selbst? Was bist du nur für ein Mensch? Hast du etwa kein Herz in der Brust? Warum erniedrigst du dich und wertschätzt dich nicht? Warum hast du es zugelassen, dass ich dich verhöhne?", heulte die Alte auf.

Sajachanum maß ihren Worten keinerlei Bedeutung zu. Sie zuckte nicht einmal mit den Augenbrauen, als wären diese Worte nicht an sie gerichtet. Sie ließ kein Wort fallen und ging in ihre Kammer, die sich mit den Jahren in ihr kaltes Nest verwandelt hatte. Sie hatte jetzt keine Zeit noch über irgendetwas nachzudenken. Jetzt war die Zeit ihrer süßesten Träume. Dort wartete ihre liebe Familie auf sie: der geliebte Mann Ruchsat, ruhig und gutherzig, die zwei Töchter und zwei Söhne. Es war Zeit, ihnen das Abendessen zu bereiten, dann dem kleinsten Söhnchen Taib ein Märchen zu erzählen. Jeden Abend ein neues Märchen, sonst konnte das Kind keineswegs einschlafen. So lag sie auf dem Schafspelz, der auf dem Boden neben dem erkalteten Kamin ausgebreitet war, und schloss die Augen. Das Gesicht der Frau begann zu leuchten. Manchmal verschwammen ihre Lippen zu einem Lächeln. Dann unterhielt sie sich mit ihren Kindern. Da kam auch schon Ruchsat und streichelte mit der Handfläche über ihr Haar – vor Freude kniff sie die Augen noch kräftiger zusammen.

Aus dem anderen Zimmer war plötzlich ein schreckliches Stöhnen zu hören, Sajachanum sprang auf und rannte in diese Richtung. Die Stiefmutter rollte vom Bett herunter – ihre Augen waren noch offen. Sajachanum schien es, als ob die Erde unter ihr wegschwimme. Und wie sie sich tadelte, dass sie nicht bei Faisat gewesen war, als diese starb. Sie gab sich in allem die Schuld. Sie wollte auch nicht glauben, dass ihre Stiefmutter gestorben war. Wie sich ein Hund an sein Herrchen hängt, so hatte sie sich an dieser Frau festgebunden. Der Herrgott drohte zum letzten Mal mit seiner Faust. Jetzt war ihr auf der ganzen Welt niemand mehr geblieben.

Sie sah von keiner Seite Hilfe. Sie, die immer gedient hatte, benötigte doch nur den Atem eines nahen Menschen. Jetzt war nicht einmal dieser Atem geblieben. Und der Herrgott hatte alles das gesehen. Warum zog der Himmel nur so gegen sie zu Felde?! Warum hatte er ihr all diese Prüfungen geschickt, weshalb bestrafte er sie so? Sie blieb ganz allein im riesigen Haus.

Mit der Zeit gewöhnte sie sich an die Einsamkeit. Und es war auch gar nicht so schwer, sich daran zu gewöhnen, weil sie ja auch unter den Verwandten einsam gewesen war.

Eines Tages erschien ihr neben den gewohnten, traurigen Überlegungen Ruchsat – wieder besuchte die Liebe ihre Gedanken. Plötzlich erinnerte sie sich an ein kleines, von ihm beschriebenes Blatt Papier, dass er zurückgelassen hatte, als er abfuhr. Auf diesem Papier war die Adresse seiner Wohnung in Baku aufgeschrieben, ebenso die Telefonnummer. Ihr kam der Gedanke, Ruchsat zu besuchen, mit ihm zu sprechen. Diese Idee ließ sie nicht mehr los.

Sajachanum machte sich zum ersten Mal in ihrem Leben auf den Weg nach Baku. Mit dem Bus brauchte sie einige Stunden bis zur Stadt. Sie nahm ein Taxi und suchte die auf dem Blatt angegebene Adresse auf.

Das Herz schlug, die Hände zitterten, aber sie klopfte an die Tür. Ein unbeschreiblich schönes Mädchen von siebzehn-achtzehn Jahren kam heraus.

„Ist das die Wohnung von Ruchsat?", fragte sie.

„Ja, seine Wohnung. Ich bin seine Tochter", antwortete das Mädchen.

„Und wer sind Sie?", fragte diese Sajachanum ihrerseits.

Auf die Stimme von draußen bewegte sich ein ergrauter Mensch der Tür zu.

„Wer ist da?"

Als Sajachanum die Stimme dieses Menschen hörte, schien ihr das Herz stillzustehen: Das war Ruchsat. Obwohl alt geworden, obwohl er sich verändert hatte, dick geworden war, aber sie erkannte ihn sofort. Sie stützte sich an der Wand ab, um nicht umzufallen.

„Was möchten Sie?", fragte Ruchsat. Ihm nach folgte auch eine einnehmende Frau: wahrscheinlich die Ehefrau Ruchsats.

Sajachanum schaute traurig auf diese drei Menschen und wagte kein Wort zu sagen. Sie öffnete den Mund, um sich vorzustellen, aber plötzlich begann sie verlegen zu werden und geriet ganz durcheinander. Es verging eine gewisse Zeit, bis sie verworren stotterte:

„Entschuldigen Sie, ich habe mich geirrt. Ich suche die Wohnung meines Sohnes. Er wohnt im Nachbarhaus. Wahrscheinlich habe ich da etwas verwechselt."

Bei diesen Worten blickte sie durch die geöffnete Tür nach drinnen. In der Mitte des eleganten, großen Zimmers war der Tisch zum Teetrinken gedeckt. Aus der Küche drang der Geruch von Gebackenem. Aber nicht der Duft des Gebackenem, nein – der Geruch vom Wohlergehen dieses

Hauses zerriss ihr das Herz. Sie ging die Treppe hinab und schaute sich um, um zum letzten Mal auf Ruchsat zu blicken.

Am gleichen Tag kehrte Sajachanum ins Dorf zurück. Binnen eines Tages war diese Frau so gealtert, dass die Nachbarn, die sie auf der Straße trafen, staunten: „Wie dieser Sajachanum doch der Verlust ihrer Stiefmutter zusetzt!"

Jetzt verabschiedete sich Sajachanum von der ganzen Welt. Nichts war ihr nun geblieben, was sie auf dieser Erde zurückhalten konnte. Sie hatte das Wertvollste verloren, was sie besaß. Das Schloss ihrer Liebe, das ihr so viele Jahre Kraft gespendet hatte zu leben, war soeben eingestürzt. Alles war spurlos verschwunden: Es gab keinen Mann mehr, keine Kinder und keine Liebe. Sajachanum konnte schon nicht mehr träumen. Sie schämte sich für ihre Fantasien.

Sie hörte auf zu essen und zu trinken. Ihr Vieh – die Kuh und das Schaf – hatte sie schon lange einer ebenso einsamen Dorfbewohnerin abgegeben. Diese brachte ihr zweimal wöchentlich Milch und Sauermilch.

Eines frühen Morgens stand Sajachanum schon nicht mehr vom Bett auf. Sanft, leise und unbemerkt – genauso leise entflog ihre Seele, ohne jemanden zu beunruhigen. Die Dorfbewohner beerdigten sie. Niemand vergoss auf dem Grab Sajachanums auch nur eine Träne.

Seitdem ist viel Zeit vergangen. Ihr Grab kennt jeder im Dorf, obwohl es keine Tafel und auch keinen Namen darauf gibt. Aber jedes Frühjahr wachsen und blühen auf dem Grab die Blumen – eine schöner als die andere! Hier blühen die unerfüllten Träume Sajachanums …

Der Verstoßene

Für ihre achtzehn Jahre sah Sejli, herausgeputzt in Hochzeitskleidung, wunderschön aus. Niemand konnte gar die Augen abwenden. Alle, von Klein bis Gross, staunten bei ihrem Anblick nur so vor Verwunderung und breiteten die Arme aus. Mit einer unbeschreiblichen Schönheit war das Mädchen ausgestattet. Von allen herrlichen Blumen der Bergebene schien sie die edelste zu sein, sodass keiner wusste, wie er sie liebkosen und verwöhnen sollte. Ob einer solchen Schönheit wird es warm und klar ums Herz.

Solche Gefühle rief Sejli an diesem Tag bei den Menschen hervor. Wie eine gerade erst aufgeblühte Rose die Menschen verzaubert, so betörte Sejli die heutige Feier. Die Menschen blickten unterschiedlich auf sie: die einen verwundert, die anderen begeistert und wieder andere voller Neid.

Das schöne Mädchen ähnelte einer makellosen Marmorarbeit eines Bildhauers. Solche schöne Mädchen erschafft Gott selten. Deshalb bezaubert richtige Schönheit die Menschen: Mal verglichen die Leute sie mit einer weißen Taube, mal mit einem weißen Apfelbaum und dann wieder mit einem weißen Schneeglöckchen.

Bis jetzt hatte man im Dorf noch niemals ein solch prachtvolles Hochzeitskleid gesehen: Auf den ersten Blick war zu erkennen, dass es sehr teuer gewesen war.

„Aswar hat für diese Kleidung so viel Geld hingelegt, dass man dafür ein Auto hätte kaufen können", tuschelten die Dorfbewohner untereinander.

Die großen Augen der Braut hinter den langen Wimpern glänzten vor Glück und Freude. „Schaut sie euch bloß an, die Arme ist ganz entkräftet", dachten aber auch andere.

Zahllos waren die vom Bräutigam zur Verlobung geschenkten Kostbarkeiten. Eine war teurer, moderner und schöner als die andere. Es war unmöglich zu entscheiden, welche man anziehen und welche für später zurücklegen sollte. Solche Kleider hatten die Leute nicht im Dorf, auch nicht in der Stadt und noch nicht einmal im Kino gesehen.

„Die Glückliche! Seht doch nur, wie verliebt Aswar in sie ist!", machten sich die Mädchen über sie lustig.

„Du hast Glück, Sejli! Du hast den hübschesten Burschen im Dorf abbekommen!", sagte Minarat, die Freundin der Braut, im Flüsterton.

„Ja, du hast Recht!", stimmte Sejli zu.

„Es heißt, Aswar besitze in Moskau eine gute Wohnung, ein teures Auto, viel Geld regnet nieder."

„Was braucht man noch", griff eine andere Freundin, Sajad, das Gespräch auf.

„Nun, ja", erklärte sich Sejli einverstanden. Sie wusste schon längst, dass viele Dorfmädchen in den großen, stattlichen, schönen und sehr starken Burschen Aswar verliebt waren.

Aber der stolze und anspruchsvolle Bursche hatte bis zu seinem dreißigsten Lebensjahr auf keine ein Auge geworfen, die Eltern gequält und in jeder Kandidatin Mängel und Fehler gesucht. Mutter und Vater waren angsterfüllt, als es im Dorf hieß, dass Aswar wahrscheinlich in Moskau eine Frau hätte. Alle, und auch die jüngeren Brüder, hatten schon längst eine Familie gegründet, nur Aswar gab keine Zustimmung zu einer Heirat. Schliesslich sagte die Mutter zu dem widerspenstigen Sohn:

„Söhnchen, warum sollen wir eine Braut von außerhalb nehmen? Los, verheiraten wir dich mit einer Lesgin – sie kennt die lesgische Sprache, sie beachtet unsere Sitten und wird sich mehr um dich kümmern als eine andere. Eine Fremde wird dich vielleicht verlassen, aber eine Hiesige gewöhnt sich ein – wird sich nicht abnabeln. Du musst einen Hausstand gründen, unsere hiesigen Mädchen sind häuslich. Wir haben uns schon bemüht. Wenigstens sind die anderen Kinder alle schon versorgt, nur um dich grämt sich noch unser Herz."

Der junge Mann gab den Überredungen nach und begann sich unter den Dorfmädchen umzusehen, aber nicht eine gefiel ihm auf den ersten Blick. Als die Eltern die Hoffnung verloren hatten, eine im eigenen Dorf zu finden, begannen sie dem Sohn eine Braut in den Nachbardörfern zu suchen. Aber auch dort fanden sie für Aswar nicht das Passende.

Irgendwann am Vortag seiner Abreise nach Moskau begab es sich, dass der Bursche mit den Freunden auf einer Hochzeitsfeier verbrachte. Dort sah er ein Mädchen, und er war erstaunt ob ihrer fesselnden Schönheit. Und was denken Sie, es war die Enkelin einer weitläufigen Verwandten. Nach Hause zurückgekehrt, scherzte er: „Ihr habt mir eine solche Schönheit vorenthalten?"

Die Mutter war ganz verwirrt:

„Kindchen, vergiss sie, sie ist doch noch ein Kind. Sejli hat noch nicht einmal die Schule abgeschlossen."

„Entweder sie oder keine!", der Bursche stellte sich stur.

Was sollte man tun, die Verwandtschaft wurde versammelt und los ging's zu Sejli zur Brautwerbung. Wer hätte auch Awsar abgelehnt! Es wurde verabredet, Hochzeit zu feiern, sobald das Mädchen achtzehn Jahre alt würde.

Nun war ebendieser Tag der Hochzeit von Aswar und Sejli angebrochen.

Nach einer Woche fuhren die Neuvermählten zusammen nach Moskau.

* * *

Es vergingen zwei Jahre. In diesen zwei Jahren war im Dorf viel passiert. Nur selten erinnerten sich die Dorfbewohnter an die fortgereiste Familie. Und die jetzigen Unterhaltungen über sie unterschieden sich von denen aus früherer Zeit. Nun erinnerte man sich ihrer voller Mitleid.

„Es heißt, Aswar und Sejli leben nicht gut miteinander."

„Sie sitzt mit dem Kind in ihren vier Wänden, Aswar aber amüsiert sich."

„Aswar nimmt überhaupt keine Rücksicht auf Sejli."

„Die Arme …"

„Mich würde schon interessieren, was er dort treibt."

„Gott weiß was! Aber alle diese enormen Gelder hat er wohl kaum mit ehrlicher Arbeit verdient."

Aswars und Sejlis Eltern hörten solche Gespräche und wussten nicht ein noch aus. Was sollten sie tun, wie handeln? Schließlich machte sich der Vater von Aswar, Mabud, auf den Weg nach Moskau, um die Kinder zu besuchen und ihre Situation zu klären. Das, was Mabud nach seiner Rückkehr ins Dorf nach zehn Tagen erzählte, erschütterte die Brautwerber – es war wie ein Schlag vor den Kopf. Sie schämten sich im Dorf zu zeigen.

Nach Mabud fuhr Sejlis Mutter Ewisjat ihre Tochter besuchen. Nach einer Woche kehrte sie mit ihrer Tochter und dem Enkel ins Dorf zurück.

Als die Dorfbewohner erfuhren, dass Sejli nicht das Haus des Mannes besuchte, sondern ihr Elternhaus, waren die Dorfbewohner außer sich.

Vom anderen Ende des Dorfes kam – völlig außer Atem – Minarat gerannt.

„Oh mein Gott, was ist los? Sejli, wie dünn du geworden bist! Von einem kleinen runden Brot ist ja nur Zwieback übrig geblieben."

Ja, Sejli war nicht mehr die Alte. Die Freundinnen umarmten sie und begannen zu schluchzen. Schließlich fragte Minarat mit zitternder Stimme:

„Was hat dieser Herzlose mit dir gemacht?"

Sie fragte so mitleidig, dass bei Sejli sofort ein Tränenfluss einsetzte.

„Frag mich lieber nicht, Minarat …"

Am nächsten Tag versammelte sich das ganze Dorf in ihrem Haus. Die Dorfbewohner interessierten sich für das Schicksal der vor Leid abgezehrten jungen Frau. Sie waren traurig über das Vorgefallene. Zwar war sie eine fremde Frau, eine fremde Tochter – aber allen so nah wie eine Verwandte.

Die Dorfbewohner gaben auch sich selbst die Schuld am Geschehenen.

So vergingen noch zwei Jahre. Sejli erholte sich wieder und erblühte wie einst. Wieder leuchtete ein Lachen auf ihrem Gesicht. Manchmal schien ihr alles ein Traum gewesen zu sein, was ihr zugestoßen war. Auch Aswar hatte das Mädchen scheinbar ganz vergessen.

* * *

Am Brunnen stoppte ein großer schwarzer Wagen. Alle, die sich am Brunnen aufhielten, schauten voller Neugier zu ihm hin. Sobald sie aber den aus dem Auto steigenden jungen Mann erkannt hatten, wandten sich alle wie verabredet von ihm ab.

Aswar maß dem keine Bedeutung bei und trat näher. Als die Frauen nicht auf seine Begrüßung antworteten, wurde er unruhig. Er erkannte Minarat unter den Frauen und Mädchen und fragte sie:

„Was ist mit dir los, Minarat? Sogar du antwortest mir nicht mit einem Willkommensgruß, warum?"

Minarat konnte sich nicht zurückhalten:

„Du wagst dich noch ins Dorf zu kommen und zu sprechen! Du Schamloser! Ein anderer würde sich nicht trauen, auch nur die Augen unter den Leuten zu erheben."

„Was ist meine Schuld?", wunderte sich der Bursche.

Minarat brauste auf.

„Ach, du weißt nicht, worin deine Schuld besteht?", ereiferte sie sich. „Du hast so ein wundervolles Mädchen geheiratet und unglücklich gemacht. Oder hast du das vergessen? Hast du sie etwa nicht aus dem Haus geführt und in einer fremden Stadt verdorren lassen? Du dachtest, niemand würde sich um Sejli scheren? Oder hast du gedacht, dass das ganze Dorf so schamlos geworden ist wie du? Mit welchem Gesicht bist du hierher gefahren?"

„Beruhige dich, Mädchen! Minarat, beruhige dich …"

Aswar wollte dem Mädchen noch etwas antworten, aber Minarat gab ihm nicht einmal aufzumucksen.

„Was Minarat? Was Minarat? Wie wagst du meinen Namen zu nennen? Hau ab, dass meine Augen dich nicht mehr sehen!"

„Was ist los, Mädchen? Ich bin doch nicht hierher gekommen, um mich mit dir zu unterhalten – ich will trinken."

„Für dich ist sogar das Wasser aus unserer Quelle zu schade", setzte Minarat weiter fort. Und Aswar musste ohne einen Schluck weiterziehen.

Das Haus Aswars befand sich am anderen Ende des Dorfes, auf einer Anhöhe namens Sint. Dorthin führte keine Autostraße, jedes Mal musste Aswar seinen Wagen am Tor der Großmutter Minas abstellen und sich zu Fuß hinaufbewegen. Unter einem Maulbeerbaum am Hause der einsamen alten Frau Minas versammelten sich immer die anderen alten Leute. Sie vertrieben sich die Zeit mit Handarbeiten und Unterhaltungen.
Nachdem Aswar die im Gespräch vertieften alten Frauen erblickt hatte, legte er die Tasche auf die Erde und grüßte laut:

„Salam alejkum, liebe Grossmütter!"

„Alejkum salam", antworteten die alten Frauen beinahe wie im Chor.

„Wer bist du denn, Enkelchen, zu wem kommst du?", fragte Großmutter Minas.

„Hast du mich etwa nicht erkannt, Minas-Oma? Ich bin es doch, Aswar, der Sohn von Mabud."

„Aaaaa!", zog die Alte langsam in die Länge und senkte den Kopf sofort wieder, um die Stricknadeln zu sortieren. Die anderen Grossmütter folgten ihrem Beispiel.

Aswar überlegte: Das gab es noch nie, dass ihn Minas-Oma bei einem Treffen nicht umarmt, nicht über Leben und Tun ausgefragt hätte. Er senkte den Kopf und ging traurig seines Wegs.

Als er zu seinem Vaterhaus kam, bemerkte er unter dem weitverzweigten Nussbaum seinen Vater, der mit einem Kind auf den Knien dasaß. Sein Gesicht verzog sich zu einem Lächeln:

„Guten Tag, Vater!"

„Guten Tag!", antwortete Mabud. Aber er stand nicht auf und er umarmte den Sohn nicht, wie er das sonst tat. Aswar tat so, als ob er dem keine Aufmerksamkeit schenken würde und fragte:

„Wessen Kind ist das?"

„Das ist Sejlis Sohn", antwortete der Vater erzürnt. Er nahm den Jungen von den Knien und wandte sich an ihn:

„Wann wirst du das nächste Mal zum Großvater kommen?"

„Großvater, ich komme morgen, gut?", antwortete der Kleine.

Mabud ging aus dem Tor. Verblüfft wusste Aswar nicht, was er machen sollte. Er fragte das Kind:

„Wie heißt du, Junge?"

„Pajgar."

„Und wer ist dein Vater?"

„Aswar."

Aswar war wie vom kochenden Wasser übergossen. In diesem Moment kam Sejli mit einem großen Kopftuch aus Seide aus dem Haus und lief auf den Nussbaum zu. Aswar begrüßte sie. Sejli wurde rot, dennoch riss sie sich sofort zusammen und begann die Kindersachen einzusammeln.

„Wo ist Großvater hingegangen?", fragte Pajgar mit süßer Kinderstimme.

„Er ist zur Arbeit gegangen. Verabschiede dich von dem Onkel, wir gehen los."

Der Junge verabschiedete sich von Aswar, und sie gingen aus dem Tor.

Aswar stand wie angewurzelt an einem Fleck und konnte keinen Ton herausbringen. Dieses „verabschiede dich von dem Onkel", das Sejli zu seinem Sohn gesagt hatte, klang noch in den Ohren nach.

Die sanfte Stimme der Mutter riss ihn aus seiner Ohnmacht. Nur sie nahm ihn wie sonst auf, umarmte und küsste ihn. Dann, als sie die Tränen getrocknet hatte, fragte sie zartfühlend, um den Sohn nicht zu kränken:

„Du hast ein solch schönes Mädchen ziehen lassen, solch eine kluge, ach du! Obwohl du Sejli sehr gekränkt hast, unterhält sie Beziehungen mit unserer Familie. Sie war gerade hier. Söhnchen, lieber, wie konntest du uns nur so eine Schande zufügen …"

Aswars Stimme begann zu zittern:

„Was ist mit dir, Mama? Warum sprichst du so?"

„Ist ein Ehemann nicht verpflichtet, sich um seine Frau zu kümmern? Du hast ein Mädchen mitgenommen und in der Fremde weggeworfen, wie eine unnötige Sache, darf man das etwa? So etwas gab es in unserem Dorf noch nie."

Dann schauten die Brüder und Schwestern Aswars herein. Auch sie küssten den Bruder zuerst, dann begannen sie ihm ins Gewissen zu reden.

Bis zum Abend ging Aswar nicht aus dem Haus. Es zog ihn schon nicht mehr fort, einen Abstecher durchs Dorf zu machen. Und auch der Vater war nicht wieder zurückgekommen.

Von den Freunden und Gefährten, die ihn sonst stets bei jeder Anreise wie ein Bienenschwarm umkreisten, schaute diesmal nicht ein Einziger vorbei, um ihn zu begrüßen. Darüber war Aswar sehr verzweifelt, er ließ den Kopf hängen. Alles, was ihm von der Ankunft im Dorf bis jetzt passiert war, hatte ihn so verwirrt, dass er nicht einmal mehr einen Schluck Wasser hinunterwürgen wollte.

Gegen Abend kam ein Dorfjunge vorbei und teilte mit, dass Medshwulach-Großvater Aswar auf den Kim ruft.

Der Kim befand sich in der Mitte des Dorfes, neben der Moschee. Die Alten saßen in einer Reihe unter einer Trauerweide. Winters wie sommers versammelten sie sich hier. Das war der Platz der Neuigkeiten. Auch Entscheidungen wurden hier getroffen: Wer zu bestrafen, wer zu rügen ist . . . So war es seit der Gründung des Dorfes geschehen.

Aswar blieb die Luft weg, während er vor den gesetzten, in einer Reihe platzierten Alten in ihren Pelzmänteln und Papachas stand. Unter ihnen befanden sich auch sein Vater Mabud, der Großvater von Sejli, Gadshikaib, und ihr Vater Rsachan.

Aswar wartete, bis Medshwulach-Großvater seine Rede begann. Der hundertjährige Alte war ein frommer Mensch. Er bemühte sich eifrig um Gerechtigkeit. Deshalb galt sein Wort für das ganze Dorf wie ein Gesetz.

Medshwulach-Großvater schaute in Aswars Augen und begann zu sprechen:

„Söhnchen, dein Großvater Schabud, Allah habe ihn selig, war ein sehr mutiger und edler Mann. Er lebte als Mensch und starb als Mensch. Auf deinen Vater Mabud ist nicht nur das Geschlecht stolz, sondern auch das ganze Dorf. Er ist als Held aus dem Krieg zurückgekehrt, die Brust voller Orden. Von seinen Schulabsolventen erreichen uns liebe Worte aus der ganzen Welt. Warum hast ausgerechnet du dich so unwürdig aufgeführt, die ganze Verwandtschaft, ja das Dorf mit Schande bedeckt? Warum hast du ein solches engelsgleiches, sauberes Mädchen beleidigt? Das ist noch nicht alles, du trägst noch eine andere Schuld. Es heißt, dass du das Geld, das du unter die Leute wirfst, nicht mit dem Schweiß deiner Arbeit erworben hast."

Medshwulach-Großvater legte eine Pause ein. Dann schob er die Papacha auf die Augen und fügte zornig hinzu:

„So ein Lesge wie du bedarf keines Dorfes und keines Heimatlandes."

Aswar fühlte sich, als ob von allen Seiten mit Pfeilen beworfen und sein Körper durchlöchert würde. Er hatte keine Kraft mehr, auf den Beinen zu stehen. Vor Scham wusste der Bursche nicht, was er tun sollte.

„Womit soll das enden", überlegte er.

Die letzten Worte Medshwulachs hatten ihm einen Messerstich ins Herz versetzt.

„Kehre nicht mehr in diese Region zurück! Du bist vom Dorf verstoßen."

… Am nächsten Morgen, als alle noch schliefen, fuhr ein Wagen aus dem Dorf …

Das Schwanenlied der Leja

Auf der Welt gibt es viele Inseln. Aber jene Insel, über die ich jetzt erzählen möchte, gleicht keiner anderen. Ja, zugegeben, diese Insel ist wie die anderen von allen Seiten mit Wasser umgeben. Auf ihr sind wie bei den anderen Inseln unbeschreiblich schöne grüne Wälder und blühende Wiesen. Mit Anbruch des Frühlings, wenn der Schnee taut und die Erde sich mit grünem Samt bedeckt, kannst du dich nicht an all der Pracht sattsehen.

Aber all das ist nicht der wichtigste Schmuck dieser Insel, sondern sind – die weißen Schwäne. Zum Frühjahr kehren sie aus fernen Gefilden hierher zurück, breiten sich am Himmel wie Wolken mit ihren freudigen Schreien aus und zerschneiden die Ruhe und den Frieden der Natur. In ihrer Schwanenherde sind so viele Vögel – nicht zu zählen! Deshalb auch heißt dieser Ort so – Schwaneninsel. Die Geschichte, die ich erzählen werde, geschah gerade dort.

Eine Schwanenfrau namens Leja unterschied sich von allen durch ihre Erhabenheit. Sie hatte schneeweiße, weiche Federn, einen langen Hals, elegante Flügel und kohlrabenschwarze Augen. Ihre Stimme war so süß, dass alle vor Erstaunen erstarrten, wenn sie sang. Viele Schwäne waren in sie verliebt. Aber das Herz Lejas gehörte Sur. Als sie hierher auf die Insel kamen, waren sie den ganzen Weg über nebeneinander geflogen. Sur konnte seine Freude nicht verbergen. Er war schon lange entzückt von ihr.

Auf der Insel beschäftigten sich diese betriebsamen Vögel von Sonnenaufgang bis Sonnenuntergang mit ihren tagtäglichen Aufgaben.

Eines Tages saß Leja auf dem Ast einer hohen Pappel. In der Nachbarschaft auf einer Weißbuche baute Sur ein Nest. Im Frühjahr ist das ja die Lieblingsbeschäftigung der Schwäne – ein Nest zu errichten. Die einen reparieren ein altes, andere bereiten ein neues. Das ist gar nicht so eine leichte Angelegenheit. Zweige und Stängel müssen im Schnabel herbeigetragen und diese wiederum müssen sortiert und vereinigt werden. Das Nest muss schön bequem, ja auch warm sein.

Sur sah ständig die auf ihn blickende Leja an und begann noch eifriger zu arbeiten. In einer kleinen Entfernung ließ ein anderer Schwan kein Auge von ihnen. Das war Din. Damit ihn niemand bemerkte, versteckte er sich hinter den Blättern der Bäume – seine Augen waren traurig. Nach einer Zeit flatterte Dan auf und davon.

Sur setzte sich, um sich auszuruhen, auf einen Ast ganz in der Nähe von Leja.

„Wie gefällt dir mein Nest?", begann er zu sprechen.

„Es gefällt mir sehr", antwortete Leja.

„Ich habe es für dich gebaut."

Leja wartete schon lange auf diese Worte. Es waren heißersehnte Worte für sie. Aber jetzt, als sie sie hörte, war sie ganz durcheinander. Als Antwort konnte sie gar keinen Ton hervorbringen und flog zu den Steinen am Ufer. Sie wollte allein bleiben und den Vorschlag von Sur überdenken. In ihrer Seele schienen Engel zu singen. Wenn es die Erziehung zugelassen hätte, würde sie über die ganze Insel schreien, damit alle von der Liebe Surs zu ihr erfahren könnten.

Plötzlich drang irgendein schwermütiger Gesang an ihr Ohr. Irgendwer zerfloss in einem traurigen Lied – wer konnte das bloß sein? In der letzten Zeit hatte Leja dieses Lied schon öfter vernommen. Jedes Mal, wenn sie es hörte, wurde Leja schwermütig ums Herz. Und jetzt auch. Hinter den Steinen erblickte sie Dan. Er war ein alleinstehender Schwan und Außenseiter. Er gab sich mit niemanden im Schwarm ab, hielt sich immer abseits.

„Warum sind deine Lieder so traurig?", fragte Leja und näherte sich ihm.

„Im Gesang könnte ich mich aber niemals mit dir messen", antwortete Dan und flog ganz nah an Leja heran. Leja nahm das als Beleidigung auf. Ab diesem Zeitpunkt handelte Dan anders, wenn er Leja erblickte. Er tat so, als ob er sie nicht bemerke. Leja jedoch hatte aus Liebe zu Sur ganz den Kopf verloren und schenkte solchen Kleinigkeiten keine Aufmerksamkeit. Von dieser Liebe hatten schon alle auf der Insel erfahren. Die Schwäne erwarteten eine Hochzeit.

Vom Morgen bis zum Abend flogen Sur und Leja gemeinsam am Himmel, suchten zusammen Futter, versuchten sich abseits von den anderen zu halten, und wenn es dunkel wurde, kehrten sie Seite an Seite in ihre Nester zurück.

Es war einer jenen klaren, warmen Sommertage, die das Herz erfreuen. Vom Morgen an schwebte Leja, die früher als alle erwachte, am Himmel und schaute von der Höhe auf die Insel. Das Herz war von Gefühlen übervoll: diese Insel – so heimatlich, so geliebt! Da auf dem hohen Ast der

Weißbuche hängt das Nest von Sur. Er wartet schon sehnsüchtig darauf, dass sie bei ihm einzieht. Ja, und auch Leja zählte schon ungeduldig die Tage. Es war nicht mehr so lange hin, in einer Woche sollte ihre Hochzeit sein. So schön ist die Welt und so süß ist das Leben.

Plötzlich … war ein ohrenbetäubender Krach zu hören. Und dieser wiederholte sich mehrmals. Im linken Flügel Lejas setzte ein unheimlicher Schmerz ein. Sie konnte den Flügel nicht mehr bewegen, die ganze Brust voller Blut. Der Schmerz breitete sich im ganzen Körper aus. Unten, bei den Steinen am Ufer des Sees, standen einige Menschen mit Gewehren. Leja verstand alles. Das Geschoss eines dieser Menschen hatte gerade Leja getroffen. Zwei Jäger hielten ihre Jagdbeute – zwei Schwäne in der Hand. „Jetzt werde auch ich gleich an ihren Armen baumeln", Leja blickte beunruhigt auf die leblosen Körper der Schwäne in den Händen der Jäger. Mit Mühe und Not konnte sie sich mit dem verwundeten Flügel aufschwingen und gen Himmel fliegen. Sie wollte sich nicht ergeben.

Das Herz klopfte. Sie hatte sich noch nicht an diesem weiten Himmel, diesem blauen Wasser, dieser herrlichen Insel, diesen dichten und grünen Wäldern und ihrem Geliebten satt sehen können.

Die Jäger schauten von der Erde aus verwundert zu, wie der getroffene Schwan mit dem Flügel schlug. Sie wunderten sich über ihr Schweben und waren überzeugt, dass der verwundete Vogel über kurz oder lang wie ein Stein auf die Erde fallen würde. Leja mobilisierte die letzten Kräfte auf ihrer Flugbahn. Sie flog so weit wie möglich von den mitleidlosen Jägern fort, die ihren Tod herbeiwünschten. Auf der anderen Seite der Steine war es ungefährlicher. Mit Ach und Krach erreichte sie diese Stelle und ließ sich kraftlos auf die Erde sinken.

Dan sah sie von seinem Nest aus, aber er konnte irgendwie nicht verstehen, was passiert war. Als er jedoch die Jäger erblickte, war ihm alles klar. Er flog sogleich zur blutenden Leja. Der linke Flügel hing herunter. Dan heulte auf und schlug zu Boden. Leja war so kraftlos, dass sie die Augen nicht offen halten konnte. Sie hörte den Dans herzzerreissenden Schrei, konnte aber nicht antworten. Nach einer gewissen Zeit äußerte Leja voller Mühe: „Ich habe dich schon lange nicht mehr gesehen. Wohin bist du verschwunden? Warum hast du aufgehört, deine traurigen Lieder zu singen?"

Es war schon Nachmittag, als Sur herbeieilte. Leja erkannte ihn an seinem Atem. Sie öffnete die Augen und begann sich freudig zu regen. Aber der Schmerz im linken Flügel verstärkte sich erneut, und sie kniff die Augen zusammen.

„Was ist mit dir, Leja?", fragte Sur aufgeregt.

„Eine Patrone hat meinen Flügel zerschlagen."

Sur berührte mit dem Schnabel ihren Flügel:

„Tut's hier weh?"

Leja sagte traurig:

„Ich werde niemals wieder fliegen können."

„Sprich nicht so. Die Wunde wird verheilen, und du wirst erneut am Himmel Runden drehen. Du musst jetzt nur stark sein. In deinem Nest, in der Behaglichkeit, wirst du bald gesunden."

Leja zeigte auf ihren verwundeten Flügel:

„Siehst du's etwa nicht, er ist ganz und gar zerbrochen!", sie holte tief Luft.

Bald hatten sich alle Schwäne versammelt, die die Nachricht von Lejas Tragödie vernommen hatten. Als sie sahen, dass Leja sich nicht mehr vom Platz bewegen konnte, beschlossen sie, ihr ein Nest auf der Erde in den Sträuchern anzulegen. Alle wie einer begannen zu helfen. Als der Einsatz beendet, das heißt, das Nest gebaut war, zogen sie die Schwanenfrau ins Nest. Aber dort zu bleiben, war schon sehr gefährlich. Hier könnte sie von wilden Tieren oder Raubvögeln angefallen werden. Deshalb verbargen sie das Nest mit Zweigen. Seit diesem Tag ließen die Schwäne Leja nicht allein. Der Reihe nach bewachte sie jemand und brachte ihr Essen.

Leja war den Schwänen sehr dankbar für die Mühe, und besonders Sur. Dan jedoch, das muss man zugeben, bemühte sich noch mehr. Er verbrachte ganze Tage am Nest des verwundenen Schwans. Schnell schaffte er Essen für sie im Schnabel herbei, warf es ins Nest und setzte sich ihr ganz ruhig zur Seite. Über der Insel erklangen tagelang seine traurigen Lieder. An diese Lieder hatten sich Sur wie auch die ganze Herde schon gewöhnt. Sie war nicht mehr böse auf Dan. Dan jedoch zog, wie er es gewöhnt war, im Alleingang über die Insel und wollte keinen sehen. Ihn bewegte der Gedanke, dass Leja nie mehr würde fliegen können und dass niemals wieder am Himmel der Laut ihrer Flügel erklingen würde. Und noch ein Umstand beunruhigte ihn. Leja sang keine lebensfrohen Lieder mehr wie früher, sondern ihre Lieder wurden wehmütig. Vor den Augen Dans zogen die früheren Tage Lejas vorbei – er sehnte sich nach diesen Tagen. Alle verstanden, dass es jene Leja schon nicht mehr geben würde, ihr Flügel war zersplittert.

Die Tage vergingen, die Monate, der Atem des Herbstes vermischte sich bereits mit der Sommerhitze. Bald würde es ganz kalt werden, würde die Insel sich völlig verändern. Die Regen wurden heftiger. Es begannen trostlose Tage.

Die Schwäne gingen daran, sich auf den bevorstehenden großen Überflug vorzubereiten. Sie mussten in eines der fernen, warmen Regionen fliegen. Bald würden derartige Fröste einsetzen, dass es nicht mehr möglich sein würde, hier zu bleiben. Alle beschäftigte ein Gedanke: Leja kann nicht mit ihnen abheben. Sur wurde ganz übel, wenn er sich vorstellte, wie er seine verletzte Freundin hier in der Einsamkeit zurücklassen und mit allen davonfliegen sollte. Leja sprach ihm zu, dass er ruhigen Gewissens mit den anderen reisen könne.

Und schon war der festgesetzte Tag angebrochen. Die Schwäne traten einzeln an Leja heran, um sich zu verabschieden. Als letzter kam Sur dran. Er umarmte Leja, war zärtlich zu ihr. Dann gab der Anführer des Schwarms das Kommando, und alle beeilten sich. Die Schwäne flogen einer nach dem anderen in die Lüfte. Als alle ihre Plätze in der Herde eingenommen hatten, schlug der Anführer einige Male mit den Schwingen. Das war das Zeichen, sich auf den Weg zu begeben. Die Schwäne flogen einer hinter dem anderen in zwei geordneten Linien.

Leja schaute verwaist den davonfliegenden Schwänen nach. Der wolkenlose Himmel war so verführerisch! Aber er würde niemals mehr seine Arme für Leja öffnen. Die grausamen Jäger hatten ihr dieses Glück gestohlen. Ach, hätte diese Patrone doch nicht ihren Flügel verletzt, sondern wäre in ihr Herz eingedrungen! Wenn sie damals umgekommen wäre, hätte sie nicht so leiden müssen.

An den vergangenen Tagen hatte Leja geweint, jetzt begann sie laut zu schluchzen. Sie war ganz allein auf der Insel geblieben. Leja wünschte sich nichts mehr von dieser Welt: Sur hatte sie allein gelassen und war weggeflogen. Ihr Sur war weg. Sie sehnte sich nur noch den Tod herbei, um alles zu vergessen. So saß sie bis zum Sonnenuntergang mit geschlossenen Augen in ihrem Nest.

Als es dunkel wurde, brachte sie das Quaken der Frösche vom See wieder zum Weinen. Plötzlich drang eine bekannte Stimme an ihr Ohr. Leja schaute sich verwundert nach allen Seiten um, konnte aber nichts entdecken. Die Stimme kam näher. Leja wunderte sich, war es doch die Stimme Dans.

Die etwas hinkende Leja kroch in Richtung Dan. Seit der Flügelverletzung ging sie selten aus ihrem Nest. Wegen ihres Hinkens wollte sie nicht, dass jemand sie in einem solchen Zustand sah. Jetzt aber war sie gezwungen, das Nest zu verlassen.

„Dan, bist du nicht mit weggeflogen?", fragte sie verständnislos.

Dan antwortete nicht.

„Beeile dich, hol sie ein!", schrie Leja aufgeregt. „Du willst doch nicht etwa solch einen langen Weg ganz allein auf dich nehmen? Besinn sich. Einsamkeit ist eine schreckliche Sache, Dan."

„Ich kann nicht wegfliegen, solange du hier allein bist", sagte Dan mit schuldbewusster Stimme.

„Sprich nicht so, du musst mich nicht bemitleiden. Bald wirst du hier erfrieren."

„Du brauchst dich gar nicht anzustrengen, ich werde mich sowieso nicht von hier wegbewegen."

Leja schaute verlegen auf Dan und fand keine Worte.

Eine Woche lang fiel ununterbrochen Regen. Dann kam ein starker Wind auf. Er bewegte die Bäume mit einem solchen Grimm, dass es schien, er würde sie gleich mitsamt den Wurzeln ausreißen. Der Wind trug die welken Blätter und ausgetrockneten Zweige durch die Luft. Sollte er noch etwas stärker blasen, würde er auch die verwundete Leja davontragen. An solchen Tagen saß Leja erschrocken und unbeweglich in ihrem Nest.

Einige Male am Tag besuchte Dan Leja. Er brachte ihr Essen und kehrte in sein Nest zurück. Um ihren Schmerz zu verbergen, sprach Leja wenig.

So vergingen die Tage und die Fröste verstärkten sich mit jedem Tag. Die Insel erfasste eine erschreckende Ruhe. Leja fühlte sich miserabel, dass Dan ihretwegen hier geblieben war. Dan jedoch beschuldigte sich selbst, dass er nicht imstande war, Lejas Leiden zu bezwingen.

Eines Tages erblickte Dan ein auf dem See schwimmendes Boot und erschrak fürchterlich, weil er den darin sitzenden Menschen für einen Jäger hielt. Aufgeregt begann er dessen Ankunft abzuwarten. Schon setzte das Boot am Ufer an, und aus ihm sprang ein alter Mann. Dan erkannte den Fischer. Er weilte oft auf der Insel. Nachdem er seine Angel ausgeworfen hatte, saß und wartete der Alte zuweilen lange, bis ein Fisch anbiss – die Schwäne kannten den Alten gut. Manchmal warf er den Schwänen kleine Fischchen hin.

Das Herz des Schwans stockte vor Freude. Er breitete die Flügel aus und bewegte sich zu dem Alten hin.

Der Alte schaute verwundert auf den Schwan.

„Was machst du denn hier ganz allein?"

Der Schwan schaute, als ob er die Frage verstanden hätte, mit seinen klugen Augen den Alten an.

„Ich sehe, du willst mir etwas sagen", der Alte näherte sich dem Schwan, der aber flog von ihm weg. Den Alten verblüffte das.

Dan flog von Platz zu Platz und führte den Alten immer weiter. Schließlich, als er sich auf diese Weise dem in den Sträuchern versteckten Nest Lejas annäherte, äußerte Dan etwas in seiner Vogelsprache. Der Alte erkannte den zertrümmerten Flügel der aus dem Nest gekrochenen Leja und untersuchte ihn. Dann wandte er sich Dan zu, der den Blick nicht von ihm abwandte, und meinte:

„Du hast deine Freundin im Unglück nicht verlassen, mein Freund."

Der Alte schaute auf diese zwei Vögel, die ihm so leicht vertraut hatten und dachte nach, wie er die beiden Hilfsbedürftigen unterstützen könne.

Schließlich erhob er sich:

„Ich gehe. Habt keine Angst – ich komme bald wieder."

Der Alte ließ sie zurück und ging in Richtung See.

In dieser Nacht erhob sich ein Sturm. Er raste dermaßen, dass die Schwäre vor Angst nicht wussten, was sie tun sollten. Leja sagte flehend zu Dan:

„Ich habe Angst. Vielleicht kommst du zu mir rüber?"

„Natürlich!", Dan willigte freudig ein und begab sich augenblicklich ins Nest zu Leja.

Sie schmiegten sich aneinander und begannen zu warten, wann sich der Sturm legen würde.

Als die Schwäne am nächsten Morgen aufwachten, war es rundherum ganz weiß geworden, das Nest schneebestreut. Was das bedeutete, wussten sie gut. Sie erwartete Kälte und Hunger. Schon zitterten sie vor Kälte.

„Du bringst dich meinetwegen um", Leja versteckte ihren Schnabel unter den Flügeln Dans.

„Das habe ich meinetwegen gemacht", antwortete Dan.

„Ich wusste gar nicht, dass du so treu bist. Ich liebe dich so, Dan!"

Als Dan diese Worte hörte, kannte seine Freude keine Grenzen.

„Schade, dass wir beide jetzt umkommen", fügte Leja verzweifelt hinzu.

Da erblickten sie den Alten, der in ihre Richtung gelaufen kam. In einer Hand hielt einen großen Sack, in der anderen trug er ein aus Latten gefertigtes Nest.

Als der alte Mann sie erreichte, sprach er mit einem Lächeln:

„Salam alejkum, Freunde! Seid ihr hier nicht erfroren?"

Er entdeckte einen trockenen, nicht verwehten Platz unter dem Stamm einer Weißbuche und freute sich. Dorthin setze er das Nest. Von allen Seiten verdeckte er es mit Gestrüpp und überdeckte es mit wasserdichtem Leinen.

„So, meine Freunde, jetzt kann euch kein Frost zusetzen." Er blickte auf die aus ihrem Nest blickenden Schwäne. „Wartet ein wenig, ich habe euch noch etwas zum Essen mitgebracht."

Der Alte legte kleine Fische, die er mitgebracht hatte, an den Nesteingang und rief die Schwäne:

„Nun, kommt schon!"

Aber die Schwäne bewegten sich nicht von der Stelle. Da ging der Alte zu ihrem Nest, hob es an und trug die vor Kälte zitternden Vögel bis vor ihr neues Wohnhaus.

Die ausgehungerten Vögel begannen sofort zu picken. Als sie satt ge-

gessen hatten, trug der Alte sie ins Nest hinein. Im warmen und gemütlichen Nest war es angenehmer. Der Alte warf Korn vor den Eingang zum Nest. Dann säuberte er die Wunde Lejas, behandelte und umwickelte sie.

An diesem Tag fühlte Leja zum ersten Mal keinen Schmerz. Dan freute sich offenkundig.

Der alte Mann besuchte sie einmal wöchentlich und brachte ihnen Essen. Jedes Mal säuberte er das Nest vom Schnee, behandelte und umwickelte Lejas Flügel.

So vergingen Monate. Der Winter trat dem Frühling seine Rechte ab. Das Wetter wurde gemäßigter, und die Erde taute. Die Insel belebte sich. Der Alte konnte auch eine frohe Belebung der Schwäne sehen, die im kalten Winter beinahe erstarrt waren. Auch diesmal besah er sich Lejas Flügel, aber behandelte ihn nicht mehr. Er lachte nur:

„Jetzt bist du gesund, nun werd nicht wieder krank", sagte er nur.

Als der Alte wegging, und Dan fortflog, etwas zum Picken zu suchen, sammelte Leja all ihre Kräfte, streckte die Flügel aus und schlug sie aus. Der gebrochene Flügel baumelte schon nicht mehr herum. Und Schmerzen hatte sie auch keine. Plötzlich kniff Leja die Augen zusammen, erhob sich von der Erde und flog auf. Sie flog! Die Flügel hoben sie bis zu den Wolken. Unten verblieb ihre geliebte Insel. Dort war ihr geliebter Dan: Er wartete auf sie.

Als Leja den am Ufer stehenden und ihr mit der Hand zuwinkenden alten Fischer sah, war sie augenblicklich bei ihm und setzte sich auf seine Schulter. Der Alte lächelte:

„Was? Willst du dich bei mir bedanken?"

Leja erhob sich wieder gen Himmel. Sie wollte unaufhörlich fliegen.

Plötzlich bemerkte Leja verwundert den sie von weitem beobachteten Dan. Sie war so froh über den geliebten Freund, der sie vor einem widrigen Schicksal bewahrt hatte. Leja begann ihr zartes, süßes Lied zu singen.

Dann flog sie zu Dan und erzählte:

„Wie gut, dass es dich gibt, Dan!" Die Insel erfüllte sich mit ihren freudigen Stimmen.

Eine Woche später kehrte der Schwarm zurück. Alle Schwäne wunderten sich, als sie Leja und Dan gesund antrafen. Mit ihnen war auch Sur gekommen. Betreten hielt er sich abseits. Leja und Dan schenkten ihm keine Aufmerksamkeit. Sie waren mit ihren aus den Eiern schlüpfenden Vögeln beschäftigt.

Jargu

In Gesprächen mit Freunden oder Verwandten höre ich nicht selten folgendes: „Na ja, er ist eben herzlos wie ein Tier."

Mir gefallen solche Worte nicht, ich kann sie nicht bestätigen. So etwas kann nur ein beschränkter Mensch sagen, der keine Ahnung von der Treue eines Tieres hat. Ich antworte solchen Menschen gewöhnlich: „Was soll's, das ist Ihr Verständnis."

Ich gebe zu, manchmal ignoriere ich einfach deren Worte. Diese Menschen ähneln Kindern, die mit Steinen in den Himmel werfen. Wer versteht – wird es verstehen, wer es aber nicht versteht – dem braucht man nichts zu erklären.

Ich liebe kein Tier so sehr wie das Pferd. Ich kenne kein anderes klügeres, tapferes, hingebungsvolleres und solchermaßen unbeschreiblich schönes und edles Geschöpf. Zum Beispiel unsere Stute Jargu. Meine Erzählung handelt von ihr.

Ich war ein sechsjähriges Kind. Mein Vater arbeitete auf einer Obst- und Gemüsebasis im Dorf Jargu, und unsere Familie wohnte in einem kleinen Haus gleich an dieser Basis. Um sie herum befanden sich verschiedene Gebäude. In der Mitte des Hofes erstreckte sich ein asphaltierter Platz, als wenn er extra für meine Stute Jargu geplant worden wäre.

Jargu hatte der Vater vor einigen Monaten in Derbent gekauft und von dort mitgebracht. Es war ein schwarzes, großes, sehr schönes Pferd mit langer Mähne. Und was für kluge Augen es hatte! Als der Vater zum ersten Mal zusammen mit der Stute durch Tor kam, freute ich mich so, als hätte man mir die ganze Welt geschenkt. Das Pferd war sehr lieb und zart, nur eines war schlecht an ihm – es ließ niemanden an sich heran außer Vater.

Eine ganze Woche ging das so: Wenn ich ihm Wasser brachte oder Heu fütterte, schnaubte es mich an und ließ nicht die Augen von mir.

Seit dem Ankunftstag Jargus bei uns fand ich keine Ruhe mehr. Die ganze Zeit lungerte ich an der Tür der Scheune herum. Sobald ich irgendetwas Essbares in den Händen hielt, rannte ich sofort zum Pferd, um es zu umschmeicheln, aber ich konnte es nicht erobern und kehrte beleidigt nach Hause zurück.

„Es hat sich noch nicht an den neuen Ort gewöhnt, warte ein wenig. Es wird schon noch auftauen", beschwichtigte mich der Vater.

Die Woche zog sich hin wie ein Jahr. Das Pferd wurde nicht zahm.

Schließlich hielt ich es nicht aus und stieg auf seinen gesattelten Rücken.

Die verärgerte Jargu war so erzürnt und warf mich dermaßen hart auf die Erde, dass ich nur noch bunte Sterne sah. Als ich wieder zu mir kam, beobachtete ich, wie Vater das Pferd mit dem Riemen peitschte.

„Lass los, schlag mein Pferd nicht!", begann ich zu kreischen und riss den Gurt aus Vaters Händen.

Vater nahm mich mit ins Zimmer. Das Pferd hatte mich ganz schön auf die Erde geschleudert. Kopf, Beine, Arme, Körper – alles tat weh. Nach vier Tagen kam ich wieder auf die Beine und rannte erneut zur Tür der Scheune.

Jargu war nicht dieselbe: Mit ihren schönen Augen sah sie mich traurig an!

„Liebste Jargu, wie geht es dir?", fragte ich sie.

Sie schwenkte nur ein wenig mit dem Kopf.

Vor Freude öffnete ich die Scheunentür und rannte hinein, um das Pferd zu küssen. Als ich sah, dass es ergeben die Augen zukniff, begann ich über die samtweiche Mähne zu streicheln. Ich umarmte den Kopf und küsste es auf das Maul.

Nach einiger Zeit setzte ich mich auf das Pferd und ritt mit ihm raus in den Hof. Jargu führte mich über den ganzen Hof spazieren.

Als mich Mama von der Veranda aus erblickte, schrie sie Vater unruhig zu:

„Sie wird doch wieder runterfallen, nimm sie schnell runter."
Vater antwortete ruhig:

„Jetzt gibt's schon nichts mehr zu befürchten."

Von diesem Tag an freundeten sich Jargu und ich an. Auf Erden war sie die Allerliebste für mich. Zu meinen Lieblingsbeschäftigungen wurden: den Stall aufräumen und das Pferd füttern. Jargu war sehr reinlich. Sogar Wasser trank sie nicht, ohne vorher die Oberfläche sauber zu pusten. Dieses große, kräftige Tier wurde einem kleinen Mädchen so ergeben, dass sich alle nur wunderten. Auf mein Kommando konnte sie sich auf die Hinterbeine stellen und verschiedene Laute hervorbringen.

Zu dieser Zeit besaßen viele im Dorf Pferde. Sie wurden als Zugkraft für Wagen gebraucht. Unsere Stute jedoch war ein Rennpferd. Solch eine Schönheit, dass es zu schade war, sie vor den Wagen zu spannen oder ihr eine Last aufzuladen. Wenn ein weiter Weg bevorstand, ritt Vater mit dem Pferd los. Dann zerbarst schier mein Herz.

Im Frühling begann für Jargu und mich die Freiheit. Ich führte mein Pferd oft entlang des Jarga-Flüsschens, um es im nahen großen Fluss Samuru zu baden. Hinter mir rannten alle kleinen Kinder unseres Viertels her. Wenn wir ankamen, setzten sie sich der Reihe nach auf das Pferd, andere säuberten es. Unsere freudigen Schreie, die sich mit dem Krach des Wassers vermischten, waren im ganzen Umkreis zu hören.

Wenn wir genug gesprungen und gelaufen waren, trockneten wir uns ab und legten uns auf die warmen Steine, um uns aufzuwärmen. Jargu war stets mit uns. Mir kam nie in den Sinn, mein zerzaustes Haar zu kämmen, aber Jargu kämmte ich es unbedingt vor dem Trocknen. Abends, wenn es von den Bergen schon kühl zu wehen begann, erst dann kehrten wir erschöpft nach Hause zurück.

Ich bin von Kindheit an wie ein kleiner Räuber aufgewachsen. Ich trug stets Hosen, die mit einem Riemen aus Vaters Kriegszeiten gehalten wurden. Mama übertrug mir immer Jungentätigkeiten. Manchmal sagte der Vater lächelnd:

„An ihr ist ein Junge verloren gegangen."

Wenn die Nachbarjungen sich aufmachten, irgendwohin einen Ausflug zu machen, nahmen sie die Mädchen nicht mit. Mich jedoch hielten sie schon längst für eine von ihnen. Warum das? Ja, weil ich die von allen geliebte Jargu besaß.

Manchmal beschämte mich Mama:

„Mein Kindchen, siehst du vielleicht, dass außer dir noch irgendein Mädchen reitet? Mädchen haben ihre Tätigkeiten und Jungen ihre. Finde dir eine andere Beschäftigung. Bald wirst du in die Schule gehen. Entwickle deinen Kopf, was sollen die Leute sagen?!"

Vor Müdigkeit fielen mir die Augen zu, aber ich öffnete sie mit letzter Kraft und versprach Mama stets: „Einverstanden, vom morgigen Tag an werde ich etwas für den Kopf tun." Am Morgen hatte ich mein Versprechen bereits wieder vergessen.

Ich liebte Jargu so sehr, dass Vater, der das verstand, manchmal das Pferd anspannte und mir überliess.

„Nun zeig mir, was du drauf hast", sagte er. In solchen Momenten wuchsen mir Flügel. Ich schaffte es kaum, die Zügel zu ergreifen, als Jarga schon wie ein Wind losgaloppierte. Wir zogen einige Kreise durch das Dorf. Mir schien, dass auf der Welt niemand kühner und furchtloser wäre als mein Pferd und ich. Vor Freude fühlte ich mich wie im siebten Himmel.

„Tut dir das Kind nicht leid, Dacha. Sie wird noch abstürzen und sich etwas brechen", wandte sich mein jüngerer Onkel an den Vater. Mein lebenserfahrener Vater antwortete ihm ruhig:

„Ein Pferd kennt seinen Herrn."

„Pass nur auf, Dacha, Jargu ist nicht wie andere Pferde – sie zieht wie ein Pfeil davon."

„Unter den Hufen eines guten Rosses muss Staub auffliegen", beruhigte Vater seinen jüngeren Bruder.

Wenn ich solche Worte hörte, liebte ich meinen Vater noch mehr und fühlte mich noch stärker zum Pferd hingezogen. Ich hing an seinem Hals und küsste seine herrlichen Augen, streichelte über die Haut und sprach mit ihm. Jargu stand folgsam da und hörte mir zu. Dann schwenkte sie den Kopf und gab mir zu verstehen, dass sie mich versteht.

* * *

Die schwermütigen Herbsttage mit Regen und Nebel begannen. Aus irgendeinem Grund wurde mir für einige Zeit verboten, mich dem Pferd zu nähern. Aber konnte ich das etwa aushalten? Ich wusste nicht ein noch aus.

Schließlich führte ich nach einer Woche heimlich das Pferd aus der Scheune.

„Hoooo!", kaum hatte das Pferd das gehört, flog es auch schon davon. Aber aus einem mir unbekannten Grund ermüdete es schnell. Wir drehten fünf-sechs Kreise durchs Dorf und kehrten nach Hause zurück.

So führte ich es dreimal aus der Scheune heraus. In der vierten Nacht erblickte mich Vater, als ich das kraftlose Pferd am Stallverschlag anband. Er wurde grün vor Zorn. Niemals hatte ich ihn so aufgebracht erlebt. Am anderen Tag erklärte er mir den Grund für seine Wut: Jargu war schwanger.

In der Nacht, als der erste Schnee fiel, eilten Vater und Mutter in die Scheune. Als Vater ein in eine Decke gewickeltes kleines Fohlen anbrachte, sprangen wir vor Freunde auf. Es war ein scheckiges Fohlen. Vater breitete ihm einen Platz am Kamin. Das Fohlen versuchte, sich auf die Beine zu hieven, aber die schwachen und dünnen Beinchen hielten es nicht. Wir streichelten seine zartsamtene und glatte Haut.

„Du unser Buntes, Zaru", liebkosten wir es. So blieb dieser Spitzname an ihm hängen – Zaru.

Als es Frühjahr wurde, hatte es sich schon herausgemacht und zu einem solch hinreißenden Fohlen entwickelt, dass man das Auge nicht abwenden konnte. Jetzt hatte Jargu mich ganz vergessen. Sie umsorgte ihr Kindchen, sodass ich manchmal sogar beleidigt war.

Einmal fühlte ich mich von den beiden so gekränkt, dass ich allein durch den Wald lief. Im Wald verirrte ich mich und versteckte mich in der Höhlung einer Eiche. Ich zitterte gewaltig, einerseits vor Angst und anderseits vor Kälte. Plötzlich … hörte ich ein Wiehern. Ich glaubte meinen Augen nicht, als ich direkt vor der Höhlung Jargu mit Zaru stehen sah. Ich schrie vor Freude und umarmte das Pferd – es hatte mich im dunklen Wald gesucht. Nachdem ich mich auf Jargu geschwungen hatte, fand ich aus dem Wald heraus.

Was für glückliche Tage waren das! Aber sie dauerten nicht lange an. Eines Tages war ich mit den Kindern aus unserer Gegend auf einem Abhang am anderen Ende des Dorfes unterwegs. Jargu und Zaru waren mit uns. Am Himmel leuchtete die Sonne, und auf den Wiesen blühten die Schneeglöckchen. Die Kinder rannten Zaru hinterher. Wenn es zu springen begann, lachten wir belustigt. Aber manchmal „sprangen" auch wir selbst und ahmten das nach oder rannten mit ihm um die Wette.

Einmal, nachdem Jargu auf die Höhe eines Hanges gelaufen war, begann sie plötzlich in wildes Wiehern auszubrechen, sodass die Erde erzitterte. Wir waren völlig überrascht von dieser Raserei des Pferdes. Es stellte sich heraus, dass Zaro in eine tiefe Bergschlucht gefallen war. Wir wussten nicht, was wir tun sollten.

Mein Vater, der auf das Wiehern des Pferdes herbeigeeilt war, stieg tief in die Felsspalte hinein. Mit Mühe und Not schleppte er das Fohlen von dort heraus.

Die Stute ließ niemanden an sein Kindchen heran, leckte es ab. Aus den Augen der Armen flossen hagelgroße Tränen. Wir weinten ebenfalls – die Kinder, mein Vater und die herbeigerannten Dorfbewohner.

Dort, an diesem gleichen Hang begruben wir Zaru später auch. Erst in der Nacht kehrten Jargu, Vater und ich nach Hause zurück.

Morgens, sobald ich aufgewacht war, eilte ich in die Scheune: Jargu war nicht da. Ich fand sie am Hang: so traurig, so weltentfremdet und so bemitleidenswert! Ich umarmte ihren Kopf, schluchzte und streichelte sie. Das Pferd weinte auch, genauso wie ein Mensch. „Jedes Vögelchen hat seinen Gram", sagt man ja nicht umsonst bei den Lesgen. Aber Jargus Gram war stärker.

Seit diesem Tag veränderte sich Jargu. Es heißt auch, ein Unglück komme selten allein. Jarga schmolz förmlich vor unseren Augen dahin. Sie hörte auf zu essen und zu trinken. Außer mir ließ sie niemanden an sich heran. Wenn ich sie küsste oder streichelte, schloss sie die Augen. Welch eine Trauer! Sie konnte den Gram wegen ihres Fohlens nicht bewältigen. Das abgezehrte und bedrückte Pferd verschwand jetzt öfter. Jedes Mal fanden wir sie an jenem Hang.

Eines Tages hörte ich, wie Vater zur Mutter sagte:

„Jargu liegt in den letzten Zügen."

In dieser Nacht konnte ich nicht einschlafen. „Wenn wir damals die Pferde nicht an diesen Hang getrieben hätten, wäre das nicht passiert", machte ich mir Selbstvorwürfe.

Sobald es hell wurde, schlüpfte ich aus dem Bett: Jargu war wieder einmal nicht da. Als wir zum Hang kamen, fühlte ich irgendeine Schwere auf dem Herzen. Wir erreichten die Stelle und glaubten unseren Augen kaum: Sie lag auf dem Grab ihres Kindchens. Ich schrie so laut auf, dass das ganze Dorf aufwachte.

… Einen Monat später zog unsere Familie aus Jargu nach Kzar um. In der Stadt erwarteten uns ein neues Haus, eine neue Schule und neue Wege.

Als wir aus dem Dorf wegfuhren und an jenem Hang vorbeikamen, stoppte Vater das Auto und blickte mich an. Augenblicklich stand ich an den Gräbern von Zaru und Jargu und strich mit den Handflächen über sie. Das Herz schmerzte …

Arben Kardasch

Die Feldblume

Saira ging hinaus und schlug mit voller Kraft die schwere, gepanzerte Tür zu.

„Jetzt wird sie wahrscheinlich nicht mehr zurückkommen", sagte Dshiras und wandte sich der Blume zu, die er von der Arbeit mitgebracht hatte. „Das war die einzige kluge Leistung, die sie in ihrem ganzen Leben vollbracht hat – sie hat mich gezwungen, diese Tür einsetzen zu lassen", ihm gefiel es, wie laut die Tür zukrachte.

Der junge Mann breitete kraftlos die Arme aus, als ob in ihm etwas zerbrochen wäre, und warf mit einer Bewegung seinen schwerfälligen Körper auf das Sofa. Ihm war, wie wenn er von den Schultern ein unglaubliches Gewicht abgeworfen hätte. Dennoch nagte ein Wurm in ihm, irgendwo in der Tiefe verließ ihn ein Gefühl der Unruhe nicht. Das hemmte ihn jedoch nicht, endgültig zu erschlaffen und einzudösen …

Auch heute hatte sich Dshiras Arbeitstag ähnlich aller anderen gestaltet. Er zeichnete sich durch nichts Außergewöhnliches aus und war einfach langweilig. Aber auf dem Nachhauseweg hatte er eine ungewöhnliche Entscheidung getroffen: die Pflanze mitzunehmen.

„Nein, ich und Saira sind uns fremd", dachte Dshiras, als er den grünen Spross goss, der sich aus der vertrockneten Erde des Blumentopfes auf den Fenstersims herunterneigte. „Wir sind verschieden, wir harmonieren einfach im Charakter nicht." Weder sein kleines Gehalt noch das Fehlen eines reichen Onkels waren der Grund für ihre ständige Unzufriedenheit und Gereiztheit. Sie war einfach so. „Sie hat ein kaltes Herz, in dem kein Platz für Freude ist."

Dshiras schnitt der Pflanze, deren Namen er herauszufinden noch keine Zeit fand, mit der Schere vorsichtig die trockenen und dünnen Blätter des Vorjahres ab, die trostlos am Rand des Blumentopfes herunterhingen und warf sie in den Abfallkorb unter dem Arbeitstisch …

Es waren mehr als sieben Jahre vergangen, seitdem er Saira geheiratet hatte. Von Anfang an fühlte er, dass die Tage des Zusammenlebens bei ihnen keine Freude, keinerlei Zufriedenheit brachten, dass sie unnütz vergingen, aber ihn hatte lange die Hoffnung nicht verlassen, dass im Herzen der Frau Liebe geweckt werden könnte, dass sich in ihr das Gefühl der Achtung dem Mann gegenüber noch einstellen würde.

Die Seele Sairas jedoch taute nicht auf, sie blieb unverändert kühl. Wie sehr sich der junge, leidenschaftliche Ehemann auch bemühte, zärtlich und zuvorkommend zu ihr zu sein (er widmete ihr sogar einige Gedichte), eine Beziehung, die Mann und Frau verbindet, Ehemann und Ehefrau, kam nicht zustande.

Da war zunächst die Hochzeitsnacht ... Dshiras empfand während der Eroberung der Braut keinerlei erwidernde Hingezogenheit und keinerlei durch Nähe aufflammende Leidenschaft.

Die jungfräuliche Braut war scheinbar ohne Wünsche. Mit einer unverständlichen Kälte wurde sie Frau und Ehefrau. Und Dshiras, in dem alles brodelte und flammte, schien, dass man ihn boshaft auslachte ... Aber er zeigte seine Enttäuschung nicht, zumal ihn seine Lebenserfahrung dazu verpflichtete und auch die Erfahrung im Umgang mit Frauen.
Er war sieben Jahre älter als Saira und erklärte das Verhalten der Braut im Bett aus seiner Lebenserfahrung damit, dass sie das erste Mal ... „Nicht alle Blumen entfalten sich gleichzeitig", beruhigte er sich, „jede Blume benötigt ihre Zeit."

Damals hatte ihm dieser Gedanke gefallen, sehr sogar, später indes, nach Jahren, erkannte er, dass er sich betrogen hatte und kam zu einer anderen Schlussfolgerung: Blumen können vertrocknen, auch ohne aufgegangen zu sein, oder – was noch schlimmer ist – man kann auch Unkraut für eine Blume halten ...

Dshiras hoffte, dass sie ein Kind haben werden und dass ein Kind Freude und Schwung in ihr farbloses Leben bringen würde. Dieselbe Hoffnung hegte auch Saira.

Aber es vergingen einige Jahre, die Hoffnung versiegte, und die junge Frau verwandelte sich in eine richtige Furie. Sie scherzte nicht, war nicht zärtlich – in allem widersprach sie dem Mann, jedes seiner Worte reizte sie. In seltenen Minuten klarte sich ihr Gesicht auf, aber sobald der Mann, das ausnutzend, versuchte einen Pfad zu ihrem Herzen zu finden, kehrte sie sofort in ihre gewöhnlichen Verfassung zurück. Zunächst nahm Dshiras an, dass alles mit dem Fehlen eines Kindes zusammenhängen würde. Kann sein, er lag auch richtig. Als er Saira vorschlug, gemeinsam zu einer Untersuchung zu einem Arzt zu gehen, war sie einverstanden – zum ersten Mal in ihrem ganzen gemeinsamen Leben. Aber es stellte sich heraus, dass sie die Schuld an der Kinderlosigkeit trug ...

Danach entschloss sie sich, das Leben des Mannes einfach unerträglich zu machen. Sie schliefen in verschiedenen Zimmern ihrer Zweizimmerwohnung, was die Frau nicht davon abhielt, den Mann auf Schritt und Tritt schlecht zu behandeln.

Kam er etwas später, roch sie an ihm: „Hast du getrunken?", und sogar wenn er nicht getrunken hatte, begann sie dennoch zu schimpfen. Und währen er schlief, durchwühlte sie seine Taschen. An freien Tagen machte er sich zu Freunden auf, sie aber stellte sich mit ausgestreckten Armen an die Tür:

„Ich weiß, wohin du eilst! Ich lasse dich nicht fort!" – „Wenn du willst, gehen wir zusammen!" – „Habe ich sonst nichts zu tun, als auf eure besoffenen Fratzen zu schauen!"

Wenn er etwas in der Hauswirtschaft tat und dabei nach etwas fragte, schaute sie mürrisch drein, wandte sich ab oder antwortete nichts oder ging in die Küche und begann, extra lärmend oder irgendetwas laut singend (obwohl sie überhaupt nicht singen konnte) das Geschirr abzuwaschen. Ihm blieb nur eins übrig: ins Bad zu gehen und seine Kleidung zu waschen, um sich zu beruhigen …

Die Freunde und Verwandten kamen nicht mehr zu Besuch, weil sie Zeugen von Streiten wurden, die Saira anzettelte … Wieder beschwichtigte sich Dshiras: „Gut, dass wir keine Kinder haben. Was sollte aus ihnen werden bei so einer Mutter …"

Dshiras schämte sich vor den Nachbarn, denn durch die Wände konnte er es nicht verheimlichen, was bei ihnen vor sich ging. Dass die Nachbarn von der komischen Beziehung zwischen Mann und Frau wussten, erriet er dadurch, wie sie ihn auf der Straße grüßten. Selbst bei gewöhnlichen Fragen fühlte er, dass sie Mitleid mit ihm hatten … Er setzte sich in sein Zimmer, erstarrte, gab sich den Gedanken hin und versuchte sich in den Beziehungen mit seiner Frau zurechtzufinden, sie zu verstehen. Jedes Mal konnte er keine Schuld bei sich finden. Oft dachte er an Scheidung, aber er sagte das Saira nicht offen. Das Gewissen ließ es nicht zu. Er hatte ihr einen Antrag gemacht und jetzt würde er die Familie zerstören, das empfand er als unmännlich. Er verstand, dass dieser Schritt ihn vor einem freudlosen und ziellosen Leben retten würde, aber er wollte, dass Saira diesen Schritt selbst unternahm, sie jedoch dachte scheinbar nicht an Scheidung. So blieb Dshiras nichts anderes übrig als erstarrt zu sitzen und zu denken, wie unglücklich er sich fühlte …

Er erinnerte sich oft an die Worte seines Abteilungsleiters Benbez. Als sich im Kollektiv das Gerücht verbreitete, dass sich Dshiras eine Braut ausgesucht hatte und sich anschickte um deren Hand anzuhalten, sagte ihm der lebenserfahrene Benbez: „Sieh, Junge, nimm kein Mädchen aus einer Familie ohne Vater und Bruder. Sie wird keine gute Frau." Die Worte Benbez hatten Dshiras nur erheitert. Ist er kein Direktor, sondern Hellseher? Sair besaß tatsächlich weder Bruder noch Vater. Jetzt war Dshiras nicht mehr zum Lachen, der Chef hatte Recht gehabt …

Spät hatte er verstanden, dass er es zu eilig gehabt hatte zu heiraten. Vater und Mutter hatten ihn bedrängt: „Feiern wir Hochzeit, solange die Großmutter lebt." Seine Hochzeit hatte möglicherweise das Leben der Großmama wirklich verlängert. Jetzt will sie nicht sterben, ohne einen Urenkel gesehen zu haben … Andererseits konnte er es aber selbst auch nicht abwarten, nachdem er Saira kennen gelernt hatte. Das Mädchen mit der schönen Figur, den großen braunen Augen, mit dem langen, auf dem Rücken herunterhängenden schwarzen Zopf hatte ihm vom ersten Treffen an gefallen. Und ihr glatter Scheitel wühlte seine Seele auf: Er erinnerte sich an Mutters Fotografie aus der Jugendzeit mit genauso einem Scheitel. Sie trafen sich im Lesesaal der Bibliothek. Saira hatte das nötige Buch bestellt und setzte sich hinter Dshiras. Nach einiger Zeit fragte sie ihn nach der Zeit. Damals sah er auch ihren Scheitel. Und zum ersten Mal dachte er, dass es an der Zeit sei zu heiraten, denn auch die Verwandten bestanden darauf … Er nannte ihr die Uhrzeit und entschloss sich das Gespräch fortzusetzen, aber Saira ging nicht darauf ein und verschwand. Auch das hielt er für einen Vorzug des Mädchens.

Und zum zweiten Mal trafen sie sich im Lesesaal. Er grüßte sie höflich und bekam keine Antwort. „Wahrscheinlich hat sie es nicht gehört …" Er versuchte nicht, sie anzusprechen. Er verstand nicht, was er las, im Kopf kreiste es nur: „Ich darf sie nicht entwischen lassen … Sie gehört nicht zu denen, die in alle Richtungen suchen …" Er erinnerte sich daran, um welche Zeit das Mädchen zum ersten Mal weggegangen war. Als diese heran war, bemerkte er: „Fräulein, es ist 19.00 Uhr."

Saira lachte laut und entblößte die schönen weißen Zähne. Die Bibliothek verließen sie gemeinsam. Dshiras erfuhr, dass Saira bald die Universität beenden und als Lehrerin für russische Sprache und Literatur arbeiten würde.

Die weiteren Ereignisse flogen schnell dahin.

Die Hochzeit fand statt. In der Abteilung, in der er arbeitete, unterstützte man ihn, auch die Eltern halfen – und er konnte eine Zweizimmerwohnung ergattern. Mit einem Wort, die frischgebackene Familie begann ein neues Leben. Glück jedoch gab es in dieser Familie nicht.

Zunächst erinnerte sich Dshiras nicht an die Worte Benbez', dachte nicht darüber nach, in welcher Familie Saira aufgewachsen war. Obwohl er wusste, dass sie mit der Mutter und zwei Schwestern, die geschieden waren, gelebt hatte. Von der Beziehung ihres Vaters und der Mutter erfuhr er erst nach der Hochzeit.

Dem Vater wurden wegen ständiger Skandale in der Familie die Elternrechte entzogen. Viele dunkle Wolken begleiteten Sairas Kindheit. Sie konnte es einfach nicht vergessen. Dafür, dass die Mutter einen Nachbarn gegrüsst hatte, zog der Vater sie an den Haaren über den Hof, dann holte er mit dem Beil zum Schlage aus. Die drei- oder vierjährige Saira klammerte sich an Vaters Arm und schrie: „Lass Mama in Ruhe!" Saira wurde von Vaters kräftiger Hand weggestoßen und flog wie ein Ball mit dem Kopf an die Wand … Nach diesem Vorfall hasste sie den Vater. Sogar in zufällig aufkommenden Gesprächen mit der Mutter und den Schwersten nannte sie ihn niemals mehr Vater …

Wenn es passierte, dass Dshiras auf der Straße oder auf dem Basar eine bekannte Frau begrüßte, fiel Saira über ihn her: „Warum hast du sie gegrüßt?!" In der Tochter kam etwas vom Charakter des verhassten Vaters zum Vorschein.

Dshiras dachte über Sairas Kindheit nach, die sich in fernen Zeiten negativ auf ihre Psyche ausgewirkt hatte, und erkannte: Der Hass des kleinen Mädchens auf den Vater wurde mit dem Alter immer stärker und weitete sich feindselig und verbittert auf alle Männer aus. Dshiras war einer von ihnen … Eine andere Erklärung für ihre Beziehung fand er nicht.

Es kam immer häufiger zu Streitereien in der Familie. Die letzte Auseinandersetzung entstand im Zusammenhang mit dem Einbau der gepanzerten Tür.

„Wozu brauchen wir das?", widersprach Dshiras der Frau. „Auf was sollten die Diebe bei uns hoffen?"

„Alle habe sie einbauen lassen. Warum sollten wir nicht? Sind wir etwa Obdachlose ... "

„Wenn eine gepanzerte Tür zufällig zuschlägt, heißt das, du kannst sie um nichts in der Welt wieder öffnen."

„Andere bekommen die auch wieder auf, das heißt, auch du kannst sie wieder öffnen. Bist du etwa kein Mann?" Saira musste den Mann stets reizen.

Dshiras war daran gewöhnt und merkte die Sticheleien der Frau nicht immer. Und dass er keine gepanzerte Tür haben wollte, hing weder mit dem kleinen Gehalt zusammen (das dazu noch mit Verspätung ausgezahlt wurde) noch mit den Sitten: „Ich bin der Mann, und ich will es nun einmal so!"

In der Stadt hatten sich alle, die nicht zu faul waren, eine gepanzerte Tür angeschafft und dadurch noch mehr voneinander entfernt. Das Misstrauen unter den Leuten wuchs. Jeder versuchte, sich in das eigene Schneckenhaus zurückzuziehen. Wie konnte ihm das denn gefallen?

Ja, und dann begannen die schweren Zeiten. Menschen, die ihre Macht nicht retten konnten, strebten jeder für sich allein danach, sein Haus in eine Festung umzubauen. Die Menschen änderten sich buchstäblich vor den Augen: Gestern waren sie die einen, heute wurden sie andere. Dshiras aber wollte sich nicht ändern, er wollte seine Treue gegenüber den ungeschriebenen Traditionen der Bergbewohner erhalten, wollte die Sitten der Väter verteidigen … Aber die Forderung der Frau erfüllte er dennoch in der Hoffnung, dass die gepanzerte Tür sie erweichen, sie gutmütiger und liebevoller, offener würde …

Es gab noch eine Ursache, die Grund für das gesteigerte Erkalten der Beziehungen zwischen Mann und Frau war, und die war mit eben dieser Feldblume verbunden, die Dshiras heute mit nach Hause gebracht hatte.

Vor einigen Jahren sah Saira diese Blume bei Dshiras auf der Arbeit. (Er verstand natürlich: Sie kam herein, um zu kontrollieren, ob der Mann auf der Arbeit ist).

„Was ist denn das?", fragte sie und schaute die langen, dünnen Blätter an, die sich an den Fensterscheiben hochrankten.

„Einfach eine Pflanze", antwortete Dshiras.

„Sie sieht gar nicht aus wie eine Hauspflanze …"

„Es ist eine Feldblume", bestätigte Dshiras. „Wie sie heißt, weiß ich allerdings nicht …" Er verheimlichte vor der Frau, dass er sich selbst einen Namen für sein Blümchen ausgedacht hatte.

„Woher hast du sie?", fragte Saira, obwohl sie wusste, welche Antwort folgen würde.

„Tschimnas hat sie mir gegeben. Ich habe es dir doch erzählt."

Das Gesicht Sairas verdüsterte sich. Dshiras wusste, nicht deshalb, weil sie sich an den frühen Tod von Tschimnas erinnerte.

„Wirf sie weg! Was Toten gehörte, behält man nicht."

„Aber das war doch ein Geschenk", widersprach Dshiras. „Sie hat es mir geschenkt, als sie noch lebte."

Saira ging beleidigt weg, und zu Hause sprach sie nicht mit dem Mann.

„Gut, dass es ohne Skandal abgegangen ist", Dshiras beruhigte sich.

Mit dem Blümchen und Tschimnas war eine eigene Geschichte verknüpft. Etwas wusste Saira von dieser Geschichte, aber nicht alles. Dshiras wusste alles und bewahrte es in den Tiefen seines Herzens, eingehüllt von einem Gefühl von Zärtlichkeit und Verehrung. Manchmal schien es, dass sein Herz schmerzte. Und er verspürte eine Schuld gegenüber Tschimnas.

Tschimnas saß auf der Arbeit in Dshiras Nachbarraum.

Heute zweifelte Dshiras schon nicht mehr, dass in dem kleinen Kollektiv (etwa 30 Personen, in der Mehrzahl Frauen) nur sie sich ausdenken konnte, eine Feldblume mit unbekannten Namen mitzubringen und zu domestizieren, besser gesagt, an die Arbeitsbedingungen anzupassen, weil die anderen Frauen der Abteilung, die unter dem Einfluss der beginnenden harten Zeiten aufhörten, dekorativen Pflanzen in ihren Arbeitsräumen die nötige Aufmerksamkeit zu widmen und sich erlaubten, nicht exakt auf der Arbeit zu erscheinen. Und der Direktor, im Kollektiv hinter dem Rücken Benbez genannt, der keine Möglichkeit hatte, ihnen rechtzeitig das Gehalt zu zahlen, konnte sie deshalb nicht belangen und drückte bei allen die Augen zu.

Eine solche Lage schien allen entgegen zu kommen.

Im Kollektiv war nach und nach kein Zusammenhalt mehr. Die Arbeitskollegen sahen sich oft Wochen oder Monate nicht mehr, wussten nicht, wie der andere lebte und womit er beschäftigt war, kamen nur aller zwei-drei Monate zusammen am Tage der Auszahlung des chronisch zurückgehaltenen Gehalts. Mit diesem Gehalt konnte man nicht auskommen, viele arbeiteten noch nebenbei, aber sie entschlossen sich auch nicht, die gewohnte Arbeit hinzuwerfen. Sie verloren nicht die Hoffnung, dass plötzlich bessere Zeiten anbrechen … Die Frauen jedoch widmeten den Blumen in den Arbeitsräumen keine Aufmerksamkeit mehr.

Um die vernachlässigten Blumen kümmerte sich Tschimnas. Sie sammelte sie ein und trug sie in ihren Arbeitsraum. Sie versorgte sie, und die Blumen lebten auf. Wenn sie auf die Arbeit kam und der Tag stimmte, trug sie die Blumentöpfe auf die breite Glasveranda. Ein Fremder, der hierher geriet, konnte denken, dass hier, am Ende der Veranda ein Blumenladen eröffnet wurde.

Einmal passierte folgendes:

„Werden die Blumen verkauft?", fragte irgendein junger Mann.

„Ja", Tschimnas liess sich nicht beirren und lachte mit ihren weißen Zähnen. „Die können sie kaufen."

Durch das helle Lachen, das klare Lächeln der Frau erriet der junge Mann, dass er sich geirrt hatte.

„Nehmen sie!", hielt ihn Tschimas zurück. „Ich habe nur Spaß gemacht. Wir verkaufen sie nicht, wir verschenken sie."

Der junge Mann ging an den Blumen entlang und schaute auch in den Büroraum.

„Oho!", rief er aus. „Hier ist ja eine ganze Oase. Welche darf man denn aussuchen?"

„Egal", Tschimnas lachte immer weiter und war ganz großherzig. „Nehmen Sie, welche Sie wollen."

Mit der einen Hand langte er nach einem Topf Geranien und mit der anderen nach einem Kaktus mit langen, schmalen Sprösslingen.

Dshiras wunderte sich, dass der Unbekannte die Blumen einfach so genommen hatte und fortgegangen war. Und Tschimnas sah dieses Unverständnis und kommentierte lustig:

„Einer für die Frau, der andere für die Schwiegermutter", sie begann zu lachen. „Und welcher wem, kannst du selbst erraten."

„Nein", Dshiras war nicht einverstanden. „Einer für die Frau, der andere für die Geliebte. Und welcher für wen ist, darüber kannst du selbst nachdenken."

„Ihr Männer könnt wohl nicht ohne Geliebte", Tschimnas lachte schon nicht mehr.

„Na, dann eben keine Geliebte", Dshiras milderte seine Worte ab. „Dann ist es eben nur eine angenehme Frau, die dir gefällt. Nun, eine, die man liebt."

„Das ist schon eine ganz andere Sache … Die Hauptsache, dass sie geliebt wird …"

In der Tiefe der Augen von Tschimnas, die erneut zu lächeln begannen, bemerkte Dshiras zum ersten Mal einen vorüberhuschenden Kummer. Was ist mit ihr? Sie ist eine schöne Frau, sie hat Familie, zwei Kinder (obwohl das ihrem Aussehen nach niemand vermutet hätte), sie konnte mit einer tadellosen weiblichen Würde auftreten, was zwang sie, einen Kummer in der Tiefe der Augen zu verbergen?

„Wahrscheinlich habe ich lange nicht tief in Frauenaugen gesehen", dachte Dshiras. „Das Leben, verstehst du. Einiges sehen wir, vieles bemerken wir nicht. Was sich nicht alles im menschlichen Herzen verbirgt, besonders im weiblichen … Saira aber kann und will es nicht (im Gegensatz zu Tschimnas) verbergen, was ihr auf dem Herzen liegt …"

Aber Dshiras hatte sich geirrt (das verstand er erst später), als Tschimnas fast alle Blumen aus seiner „Oase" an fremde Menschen, die in ihrer Abteilung erschienen, verschenkt hatte. Aber bis dahin geschahen andere wichtige Ereignisse …

Benbez wünschte nicht, dass ihre Abteilung wie viele andere auseinanderfallen sollte. Er hielt sich auf seinem Posten. Auch wenn das von ihm geführte Kollektiv klein war. Er schätzte seine Stellung.

Vor einigen Jahren war er in die Rente gegangen, aber er setzte die Arbeit fort. Er war wirklich einer Schnecke ähnlich: seine Beine gehorchten schlecht, er war glatzköpfig, mit grosser Brille und dicken Gläsern, die Stirn von tiefen Furchen durchschnitten, über jedem Auge nussgroße Warzen, im hellbraunen schlaff herabhängenden Anzug. Er ging gebückt, den Kopf nach vorn herausgestellt – war er etwa keine Schnecke, der das Haus zerbrochen ist?

Aber eine solche Ähnlichkeit wurde im Kollektiv nicht erst im Alter festgestellt. Mit diesem Spitznamen wurde er bereits früher ausgezeichnet, aber aus einem anderen Grund.

Zu Sowjetzeiten hatte man ihn von irgendwoher herbeordert und an die Spitze der Abteilung gestellt. Über die Zunge kam ihm am häufigsten das Wort „Ulybka" – Lächeln. Aber sein Redefluss hatte mit diesem Wort, genauso wie mit allen anderen russischen Wörtern Schwierigkeiten, sodass das Wort Ulybka zu Ulipka wurde, was Schnecke bedeutet. Jedes Mal, wenn sich das Kollektiv in seinem großen Arbeitszimmer versammelte, wiederholte er, wobei er seine goldenen Zähne entblößte: „Im Menschen is de beste Sache – das Lächeln", wobei Schnecke herauskam. Er wünschte, dass alle Mitarbeiter ihre Pflichten unter ständigem Lächeln ausführten. Dafür spöttelte man hinter seinem Rücken, aber keiner konnte sagen, dass man ihn nicht mochte.

Einmal kam Tschimnas nach einer routinemäßigen Versammlung, als alle in ihre Büroräume gegangen waren, zu Dshiras und sagte:

„Die Mädchen sind meiner Meinung, alle kommen um vor Lachen", selbst gab sie ebenfalls ein melodisches Lachen von sich. „Mal sehen, was du meinst."

„Wovon sprichst du?", wunderte sich Dshiras.

„Unser „Ulipka" sieht doch einer Schnecke ähnlich …"

Dshiras dachte nicht lange nach und lachte los. „Besonders, wenn er ohne Brille ist", er wischte sich die Tränen aus den Augen. „Das ist richtig, nur ohne Haus …"

Wie auch immer, trotz Spitznamen verhielt sich das Kollektiv gegenüber seinem Leiter mit der nötigen Achtung. Besonders schätzte man ihn in den anbrechenden Jahren des Durcheinanders. Benbez verlor nicht die Übersicht, die Abteilung konnte sich über Wasser halten, obwohl auch mit Verlusten, und er erhielt das Kollektiv. Wer versuchte nicht alles, das kleine Gebäude wegzunehmen, in dem die Abteilung untergebracht war, angefangen von den Ministerien und hochrangigen Milizchefs bis hin zu Dieben und Räubern … Aber Benbez stand alles aus, als ob diese hauslose „Schnecke" von einem Stahlpanzer geschützt wäre.

Auf seinen etwas gekrümmten Beinen stapfte er mit schwerfälligen Schritten bis in die Arbeitszimmer der höchsten Macht und vermochte dort die Notwendigkeit des Erhalts der Abteilung zu beweisen und Beschützer zu finden. Letzten Endes waren die Widersacher gezwungen, ihn in Ruhe zu lassen.

Im Kollektiv jedoch war man überzeugt, dass er auch ohne hohe Beschützer das Seine erreicht hätte, weil er, Benbez, einfach so war: unverständlich in seinen Handlungen, gerieben: Er konnte billig kaufen und teuer verkaufen, an einen Mullah den Sattel eines Pferdes anpassen, von einem Ei Wolle scheren, um ein Korn einen Knoten schlingen. In schweren Jahren war ein solcher Beschützer ein vom Himmel geschicktes Geschenk, und man musste ihn einfach schätzen.

Benbez kannte auch selbst seinen Wert. Er wusste sogar von seinem Spitznamen, aber er ließ es sich nicht anmerken. Er war ruhig, denn ihn bedrängte schon niemand mehr, und er hatte seine Abteilung erhalten können. Er verblieb in seinem Amt, und alles andere war im schnurz. Zwischen dem Kollektiv und dem Leiter herrschte eine ungeschriebene Vereinbarung: Jeder macht, was er will, aber ist bestrebt zu zeigen, dass die Abteilung arbeitet, das Geforderte wurde ohne Verzögerung ausgeführt, und man erhielt Gehalt, wenn es da war.

Benbez war daneben nicht dagegen, dass die Mitarbeiter Nebeneinkünfte hatten, der Mann hatte ein gutes Herz.

Der Direktor mochte Festtage zu begehen. Fast an jedem Feiertag versammelte er das Kollektiv, organisierte heitere Festessen mit Liedern und Tanz. Er liebte es, Tamada zu sein und eröffnete die Tafel mit den gewohnten Worten:

„Im Menschen is de beste Sache – die Schnecke"

Sofort war die entsprechende Atmosphäre hergestellt, Spässe und Lachen begannen, die Sorgen vergessen, das Fest begann ... Auch in schlechten Zeiten hielt Benbez an dieser Tradition fest. Dshiras erhielt von Tschimnas die oben erwähnte Feldblume gerade nach einem dieser Festessen, dem letzten, an dem sie teilnahm.

… Das Neue Jahr wurde, wie auch alle anderen Feiertage im Dienstzimmer Benbez' begrüsst. Diesmal sah Tschimnas schöner als alle anderen Frauen aus. Im silbrig schimmernden, langen Kleid, das ihre schönen Formen unterstrich, blieben die Schultern und die Brust unbedeckt. Durch ihr aufgelöstes langes, schwarzes Haar fühlte Dshiras in ihrer Schönheit zum ersten Mal irgendetwas Göttliches. Ihm, der es gewohnt war, mit ihr wie mit einem Kumpel umzugehen und nur vorsichtige Komplimente zu machen, verschlug es die Sprache. Er saß schon, als Tschimnas in der Tür erschien, und wieder schien ihm, als ob in ihren Augen eine Trauer durchscheine, eine Unruhe, die sie vor jemanden oder wegen irgendetwas verheimlichte. Ihm mutete noch an, dass in diesen Augen von einem auf den anderen Moment ein Licht aufflammte und wieder verging, was nur mit ihm zusammenhing.

Er hatte sich nicht getäuscht.

„Ich setze mich neben meinen Nachbarn", wandte sich Tschimnas ungeniert an einen Mitarbeiter, der neben Dshiras saß. „Du kannst Zimmernachbarn, Kollegen, nicht auseinander bringen."

„Wie kann man solch einer Schönheit widersprechen?", der Mitarbeiter stand auf und reichte ihr den Stuhl.

An diesem Tag war Tschimnas nicht wiederzuerkennen; sie sang und tanzte. Sie legte eine Kassette in einen Kassettenrecorder ein, den sie selbst mitgebracht hatte, und es ertönte eine Melodie, die zu Herzen ging. Tschimnas forderte Benbez zum Tanz auf. Der vergaß völlig die Pflichten eines Tamada und ließ Tschimnas lange nicht mehr zum Platz zurück. Immer und immer wieder wollte er die ihn ansprechende Melodie hören und beugte den Kopf über ihre halbentblößte, volle Brust. Benbez kreiste langsam im Tanz, Tschimnas hatte nichts dagegen und nahm lächelnd seine Einladung zum Tanz an. „Sie macht das, um jemanden zu ärgern", dachte Dshiras. „Bloß wen, den Ehemann? Streit in der Familie? ..." Er wollte schon aufstehen, zu Benbez, der ein Kopf kleiner als seine Partnerin war, gehen und ihm mit der Faust in die Brille stoßen. Der aber zeigte seine goldenen Zähne, kniff die Augen zusammen, lehnte den Glatzkopf an die Brust von Tschimas und wiegte sich im Tanz. Dshiras änderte seinen Plan:

„Das autoritäre Regime ist im Nichts verschwunden, Chef", scherzte er, ging näher, riss ihn von Tschimnas weg und begann mit ihr zu tanzen.

Und nicht ein Schatten der Unzufriedenheit erschien auf dem Gesicht von Benbez.

„Ich habe überhaupt nichts gegen Demokratie", scherzte er weiter. Und lud sofort zwei Frauen zum Tanzen ein. Er begann sich zu bewegen, umfasste ihre Taillen, beugte den Kopf mal zur Brust der einen, mal zur anderen …

Tschimnas lächelte. Als es im Diensstzimmer zu eng für die tanzenden Paare wurde, legte sie bedachtsam den Kopf auf die Schulter von Dshiras, dem es schien, sein Herz bleibe stehen. Er fühlte seinen Körper nicht mehr, als ob sie beide zwei Blütenblätter auf einer menschenlosen Wiese voller Blumenduft wären. Im Kopf verblieben keinerlei Gedanken … Irgendwann wurde er von einem schönen Wunsch erfasst, den er später vergessen hatte, aber jetzt kehrte dieser zurück, und er konnte sich ihn erfüllen. Es fühlte sich nicht nach einem Fehler an, und dieses Leben, wo Fehler an der Tagesordnung waren, war nicht sein Leben, es war nur ein dummer Traum. Sein richtiges Leben beginnt erst jetzt, und es gibt keinerlei Grenzen für sein Glück … Aber der Tanz ging zu Ende.

Die Feier wurde noch bis zum Abend fortgesetzt, aber auch sie ging zu Ende, und allen schien, dass diese Stunden zu schnell vergangen waren. Dshiras kam wie verzaubert in seinem Arbeitsraum zu sich. Er verstand nicht ganz, was er erwartet hatte … oder erwartete er nichts, betrog er sich unter dem Einfluss des Getrunkenen?

Ja, er hatte getrunken, aber ihm schien, dass Tschimnas ihm, während sie sich im Tanz leicht schwebend mit ihrem biegsamen, schönen Körper wiegte, zulächelte und zu ihm schaute …

Und sie ging wirklich mit ihm in sein Büro … Tschimnas wartete nicht auf ein Wort oder eine Bewegung von Dshiras, sondern sagte ihm im Ton eines leichten Vorwurfs:

„Umarme mich, Dshiras! Hab keine Angst …"

Erst jetzt, als er diese Worte gehört hatte, die aus ihren schönen, üppigen Lippen herausflatterten, bemerkte er, dass das alles in Wirklichkeit geschehen war und der Alkohol hier keine Rolle spielte. Er geriet noch mehr durcheinander.

„Hier sind Leute, die sehen uns … Das ist nicht gut", er hasste sich … Ein ängstlicher Dummkopf … „Wir haben Familie, Tschimnas!", er versuchte sich zu rechtfertigen.

„Nein, Dshimas, wir haben keine Familie, sondern bodenlose Gruben … Wir sind unglückliche Menschen – sowohl du, als auch ich …"

Sie ging ganz dicht an Dshiras heran, umarmte ihn, streichelte ihm über den Kopf und drückte einen langen Kuss auf seine Lippen. Sie brach den Kuss ab, fixierte Dshiras Augen mit ihren Augen, die voller Tränen waren, und sagte:

„Wir tun nichts für unser Glück. Und wir geben uns noch nicht einmal Mühe, etwas zu tun."

Tschimnas ging weg.

Sie erschien lange nicht auf Arbeit. Einige Male hörte Dshiras, dass sie mit Leberkrebs im Krankenhaus lag. Er wollte sie besuchen, aber wie konnte er das nach dem, was vorgefallen war? „Sie denkt noch, ich wollte nicht, weil ich von ihrer Krankheit wusste … Sie kennt meine Familie und vermutet, dass auch ich ihre Probleme kannte …" Nein, er begriff seine Schuld ihr gegenüber und entschloss sich, Tschimnas nicht zu besuchen.

Eines Tages erschien sie selbst unerwartet in seinem Büro – abgemagert, mit bleichem Gesicht. Sie erinnerte schon nicht mehr an jene Tschimnas, die sich zum Neujahrsfest amüsiert hatte, außer vielleicht die Augen, ja wirklich, die waren scheinbar größer geworden und die gleichen geblieben. Und den Kummer in diesen Augen wollte oder konnte sie vor Dshiras schon nicht mehr verbergen.

Tschimnas hielt einen Blumentopf mit einer Blume in den Händen. Dshiras sprang auf:

„Tschimnas, du!"

„Das ist für dich als Erinnerung an mich", sie ließ ihn nicht aussprechen. „Pflege ihn. Ich gehe fort."

„Wie, du gehst fort? Lässt du dich von der Arbeit beurlauben?"

„Wir alle gehen irgendwann …", sie stellte den Blumentopf mit der

Blume auf das Fensterbrett.

„Gieß sie öfter. Das ist eine Feldblume. Wie sie heißt, weiß ich nicht. Sie ist aus dem Bergen hinter unserem Dorf. Wenn du sie pflegst, gewöhnt sie sich an die häuslichen Bedingungen. Sie wird sogar blühen. Nur weiß ich nicht, wie sie heißt."

„Ich werde einen Namen für sie ausdenken."

Tschimnas lächelte, sagte nichts mehr und ging aus dem Büro.
Wie Dshiras erfuhr, verteilte Tschimnas alle Blumen, die sie einst in ihrem Büro gesammelt hatte, an die Frauen der Abteilung. Danach hat sie keiner mehr gesehen.

Noch innerhalb der nächsten anderthalb Monate kam die Mitteilung von ihrem Tod. „Ich gehe…", erinnerte sich Dshiras. „Wie alle gehen irgendwann …"

In seinem Herzen schien sich für immer ein Gefühl, eine nicht wieder gutzumachende Schuld Tschimnas gegenüber festzusetzen. Ihm blieb nichts anderes übrig als ihre Bitte zu erfüllen. Und er vergaß sie nicht. Jeden Tag, wenn er zur Arbeit kam, goss er die Blume. Sie wuchs gut, verschönerte das Fenster. Die langen, dünnen Blätter, die im Herbst verwelkten, schnitt er mit der Schere ab, und im Frühjahr wartete er auf neue Senker … Aber sie blühte nicht.

„Vielleicht muss sie auch nicht blühen", dachte Dshiras. „Vielleicht hat das Tschimnas einfach nur so gesagt, dass sie blühen würde, damit er wartet? Damit ich sie nicht vergesse und ständig eine Schuld in mir mittrage?"

Und da erinnerte er sich wieder an Tschimnas' Worte:

„Wenn du sie pflegst, gewöhnt sie sich an die häuslichen Bedingungen. Sie wird sogar blühen."

„Wahrscheinlich hat sie die Pflanze zu Hause gehabt und weiß es … Aber ein Büro ist kein Haus", kam ihm unerwartet in den Kopf. „Sie wird hier also auch nicht blühen …" Dshiras entschied sich daraufhin, die Feldblume nach Hause mitzunehmen, obwohl er wusste, dass Saira böse sein würde.

… Dshiras kam zu sich, weil er ein offenkundig erbostes Pochen mit der Faust an der Tür vernahm.

„Wer ist da?", er ging in die Diele.

„Mach auf!", forderte die böse Stimme Sairas. „Ich habe die Tür nicht zugemacht. Sie ist zugefallen".

Dshiras versuchte vergeblich die Tür zu öffnen. „Das Schloss hat sich mächtig verkeilt. Ruf jemanden aus der Hausverwaltung."

„Ich rufe niemanden!", Saira trat mit dem Bein an die Tür und begann sich über die Treppe zum Ausgang zu begeben. Das begriff er, weil er das

Klappern der Absätze vernahm.

* * *

Damit könnte man eine Punkt setzen und die Erzählung enden lassen, weil der Autor es nicht für nötig hält, noch etwas über die Beziehungen von Dshiras und Saira mitzuteilen, darüber, wie sich das Schicksal der Familie gestaltete.

Vielleicht ist es für den Leser nur interessant zu erfahren, wie mit der zugefallenen gepanzerten Tür umgegangen wurde. Dshiras hat sie abgebaut, weggeworfen und eine andere Tür eingesetzt.

Ein wichtigeres Ereignis geschah dennoch urplötzlich in seinem Leben im Frühjahr, das gewaltsam seine eigenen Rechte einforderte: An der Feldblume wuchsen lange Schnurrbärte. Schnüre krochen über das ganze Fenster, und auf ihnen erschienen kleine gelbe Blümchen.

Und noch hatte Dshiras, nachdem er in verschiedenen farbenprächtigen Enzyklopädien und Wörterbüchern über Flora gegraben hatte, herausbekommen, dass die Feldblume, die ihm Tschimnas zurückgelassen hatte, einfach Gänsediestel heißt.

Schnee

Erscheinungen der Natur, das Klima, alle himmlischen Elemente beunruhigen den Menschen und flößen ihm Angst ein, wenn sie stärker und größer als das Erwartete sind. Der Mensch versucht zu fliehen, sich vor ihrer lautstarken Gewalttätigkeit zu verstecken, sich zu retten. Allein auf den Schnee schaut niemand erzürnt und niemand spricht ohne Empfindungen von ihm. Niemand ist unzufrieden mit dem Schneefall, weil er leise, ja lautlos ist.

Stets warten wir auf den ersten Schnee. „Warum verspäten sich die Schneeflocken?"

„Es sieht so aus, als hätten sie sich verirrt."

„Der Schnee will nicht zu uns …"

„Das wäre nicht so schlimm, es kann aber sein, dass wir uns an ihm versündigt haben …"

Sogar wenn unerwartet recht ausgiebig weißer Schnee fällt, wenn der Himmel beinahe Unheil bringt, sind wir nicht böse auf ihn. Er verschließt die Wege und Pfade, reißt mit seiner Schwere an den Leitungen, durch die das Licht in unser Haus kommt, er unterbricht unsere Beziehungen und Verbindungen mit der großen, weiten Welt, dennoch kommt uns kein kaltherziges, verdrießliches Wort an den Schnee über die Lippen … Aus den himmlischen Weiten holt der Schnee Licht und irgendeine andere Wärme in unsere Herzen, unähnlich der Wärme, die in unseren Seelen verkümmert.

Der Schnee fällt – wir atmen leicht und fühlen, dass wir uns erneuern, unsere Gedanken und Wünsche leuchten. Er scheint uns verloren gegangene oder in den Jahren erhoffte Wünsche zurückzubringen.

Der Schnee fällt – die Seele singt, sie schichtet Gedichte und tanzt.

Ereignisse, die mit einem Schneefall zusammenhängen, werden niemals vergessen: „Erinnerst du dich, das war in dem Jahr, als reichlich Schnee fiel …"

Und uns scheint, dass, wenn Schnee fällt, es kein wichtigeres Ereignis mehr gibt, weil nichts bedeutsamer als Schneefall sein kann. Es kann sein, dass mit ihm im Zusammenhang auch andere Ereignisse bedeutend werden, die man nicht vergessen sollte.

Strebe nicht danach, eine „Zeitmaschine" zu erfinden, schau auf den Schnee, ob er fiel oder noch nicht gefallen ist. Es gibt keine bessere „Zeitmaschine". Ihm kostet es nichts, dich in deine vergangenen Tage zu entführen oder in Tage der Zukunft.

Auf der Straße schneit es, und du schaust und schaust durch das Fenster … du bemerkst nicht, dass dich der Schnee in ferne Weiten trägt, dich in die Wellen eines vergangenen Lebens wirft.

Vor allem schleift uns der Schnee in die Kindheit. Er erinnert an den Geist des Elternhauses, er nähert dich an seinen bescheidenen Herd an, der sogar ohne Feuer warm geblieben ist …

* * *

… Schon seit einer Woche ist im Dorf Schnee gefallen.

Das sonst beständige Getöse des Großen Flusses ist nicht zu hören. Der Große Fluss schläft, als wäre die ewige Uhr dieser Ebene defekt oder die Zeit selbst wäre stehen geblieben.

In diesen rauen Tagen rennt ein Junge von acht Jahren nach der Schule nach Hause und kann es schon nicht mehr abwarten. Nach einer kurzen Zeit wird er rausgehen, mit dem Schlitten fahren oder mit Gleichaltrigen eine Schneeballschlacht machen. Wenn er sich vielleicht nicht getraut, vom flachen Hausdach in die abgeworfene Schneewehe zu springen, dann wird er sich aber zumindest mit einem Schrei vom Dach des Stalles hinunterwerfen. Und die Bitte der Urgroßmutter, die er jedes Mal hört, wenn er rausgeht: „Söhnchen, ich beschwöre dich, ich bitte dich sehr, spring nicht vom Dach", überhört er. Denn er bekommt diese freudige Glückseligkeit vom Schnee, der vom Himmel heruntersinkt.

Es gab noch einen anderen Grund dafür, warum der Junge nach dem Unterricht so schnell nach Hause eilte. Dieser Schnee schien ihn geistig zu erhöhen und verantwortungsvoller zu machen. Er bemühte sich doch auch mit seinen Erfolgen in der Schule, Großvater, Großmutter, Mutter und Urgroßmutter, die er alte Großmutter nannte, zu erfreuen und zu ermutigen.

Großvater lag im Bett an der Wand. Er war schwer krank. Sein Kopfhaar und sein nicht sehr dichter Bart waren ganz weiß geworden. Auf dem sehr hageren Gesicht erkannte man nur noch die Nase. Ihm fiel das Atmen schwer.

Als die Mutter des Jungen und die Großmutter (sie nannte er manchmal die „junge Großmutter") mit ihren Hausarbeiten beschäftigt waren, gehörte es zu seinen Pflichten, kleine Aufträge des Großvaters und der „alten Großmutter" auszuführen.

Aber es gab noch etwas, was das Herz des Jungen beschäftigte. Als Schnee fiel, fragte ihn der Großvaters eines Tages: „Schläft die alte Großmutter?"

„Ja."

„Lieber weißer Schnee", sprach Großvater, „deine Reinheit soll meine Stimme zum Allmächtigen tragen: Er soll mich nicht eher als die Mutter sterben lassen."

Die Urgroßmutter lag unter dem Fenster auf einer Bettstelle des Bodens, näher am Ofen. Sie war hundert Jahre alt. Aus der Wolldecke mit Kattunabdeckung mit riesigen, roten Farbmustern schauten lediglich ihr verkleinertes Gesicht und zwei vertrocknete Arme heraus. Vor allem ihre tiefen, zahllosen Falten fielen ins Auge. Es sah aus, als ob sie sich in ihren eigenen Falten verheddert hätte. In ihren Augen war kein Leuchten geblieben. Der Kopf war mit einem schwarzen Kopftuch umbunden, und unter ihm versteckte sich ein grauer Stoff, den wir Schutku nennen. Der Junge wusste, dass sie auf dem Kopf kaum mehr Haare besaß: Vor zwei Tagen bat sie die Mutter des Jungen ihr mit der Schere das Haar zu schneiden, und die Großmutter, die junge, rasierte ihr riskant die Reste von dem ab, war noch von den Haaren übrig geblieben war. Und noch eins wusste der Junge: Die Urgroßmutter trug nicht deshalb eine Schutku, weil sie sich ihres nackten Kopfes schämte, sondern weil eine Frau, die den guten Ton der Bergbewohnerinnen wahrt, nicht ohne Schutku sein darf, sich das nicht ziemt. Bevor der Schnee fiel, hatte sie sich gar nicht so schlecht gefühlt. Sie erzählte Märchen, und ihre Stimme war lebhaft. Der Junge behielt alle ihre Märchen, Legenden, wahre und unwahre Geschichten, sogar Lieder im Kopf, aber jedes Mal, wenn sie noch einmal etwas schon Bekanntes zu erzählen begann, fügte sie irgendeine Gestalt, irgendwelche Charakterzüge oder sogar nur ein unbekannte Wort hinzu. Der Junge dachte: „Wie passen so viele Menschen, Epochen, Ereignisse und Worte in ihren Kopf?" Eines Tages stellte er der kleinen Großmutter diese Frage.

„Der Allmächtige hat sie mit diesem Talent ausgestattet, Söhnchen."

Der Junge hatte die Antwort nicht ganz verstanden, aber er begriff, dass die Urgroßmutter nicht wie andere Menschen war, sondern etwas Besonderes.

Nach dem ausgiebigen Schneefall kamen die Dorfbewohner besonders oft Urgroßmutter und Großvater besuchen. Wenn sie über die Urgroßmutter sprachen, hieß es oft: „Sie ist doch ein alter Mann …" „Vielleicht wissen sie, dass Urgroßmutters Kopf rasiert ist und deshalb sprechen sie so von ihr?", dachte der Junge.

„Die liebe, alte Mutter", sagte der Nachbar Bukar, wenn er das Haus betrat und Großvater die Hand reichte.

Wenn Schnee fiel, setzte Onkel Bukar eine weiße, zottelhaarige Schaffellpapacha auf, die er selbst genäht hatte, aber in der übrigen Zeit trug er eine im Geschäft erworbene warme Mütze mit Ohrenklappen. „Was hat das zu bedeuten, so ein Mann wie du, der die Welt gesehen hat, liegt am warmen Ofen? Steh sofort auf, wirf den Schnee vom Dach, mach den Hof sauber! Rundherum ist alles zugeweht."

„Das sehe ich schon an deiner Papacha, dass es geschneit hat", meinte sie dann.

„Was soll das heißen?", stellte der Junge eine Frage. „Warum nennt er die Urgroßmutter mal „alte Mutter" und mal „Mann", warum das?"
Die Urgroßmutter wiegte langsam den Kopf auf dem Kopfkissen. Sie wusste, dass Onkel Bukar scherzte. Obwohl, es ist möglich, dass sie die Worte nicht verstehen konnte, aber der Inhalt des Gesagten erreichte sie auf irgendeine Art.

Und Onkel Bukar verstand sie.

„Du bist also der Meinung, du kannst das schon nicht mehr?", sagte er im Spaß. „Dann erzähle dem Urenkel wenigstens Märchen."

„Märchen … sind keine mehr geblieben …", brachte die Urgroßmutter sehr leise und ruckartig atmend hervor

„Wo sind sie denn hin?", wunderte sich Bukar.

„Man hat sie mitgenommen", sagte sie und hob einen Finger zur Decke, ohne die rechte Hand von der Zudecke zu erheben.

Der Junge verstand alles.

Und Onkel Bukar schwieg. Er wollte schon nicht mehr scherzen. Er kniete sich vor der Urgroßmutter hin und nahm beide Hände:

„Ach, meine alte Mutter, alte Mutter …"

„Jetzt … sterben … das will ich nicht…", sagte, wieder stockend, die alte Großmutter. „Schnee … Es liegt Schnee … Es wird schwer ein Grab auszuheben …"

„Du hast einfach eine Winterschwäche. Heute oder morgen wird es Frühling, und alle Krankheiten machen sich auf und davon."

Die faltigen Lippen der alten Großmutter wurden von einem kaum merkbaren Lächeln überzogen. Der Junge verstand, dass sie Onkel Bukar nicht glaubte.

„Warum bist du heute nicht rausgegangen und hast den Schnee vom Dach heruntergeschippt? Jetzt bist du der Mann im Hause. Wenn ein Sohn herangewachsen ist, müssen Mutter und Großmutter nicht mehr auf das Dach steigen."

Der Junge wurde verlegen, von Onkel Bukar hatte er solche Worte nicht erwartet. Aber er musste antworten.

„Ich gehe doch früh in die Schule …"

„Noch vor der Schule muss ein Mann den Schnee vom Dach runterschaufeln."

„Lass meinen Enkel in Ruhe", mischte sich Großvater ins Gespräch. „Zu Hause ist er mein Helfer."

„Du brauchst einen Helfer und denkst du, deine alten Frauen und die Tochter brauchen ihn nicht?", Onkel Bukar begann wieder zu scherzen.

„Er hilft ihnen auch", trat Großvater wiederum für den Jungen ein.

„Ihr haltet zusammen, ich weiß. Na ja, dann soll deine Frau eben als Mann durchgehen", gab Onkel Bukar nach.

„Wie geht es dir, lieber Onkel? Nicht schlechter als ich dich beim letzten Mal gesehen habe. Das ist gut."

Großvater blickte in die Ecke, wo seine Mutter lag.

„Schläft sie?"

„Wie ein Baby schläft sie", antwortete Onkel Bukar und verstand nicht, wozu sich Großvater vorbeugte.

„Es gibt nichts Gutes, Bukar. Das Leben endet. Der Tod kommt und schaut durch dieses Fenster auf mich. Ich sehe sein Gesicht. Ich habe nur noch einen Wunsch, ich bete zum Allmächtigen, dass er ihn mir erfüllen möge. Ich will nicht früher sterben als meine Mutter … jeden Tag, wenn sie aufwacht, sieht sie zu meinem Bett. Sie weiß, dass ich krank bin, vielleicht versteht sie auch, dass ich sterbe, aber sie vertreibt diesen Gedanken von sich, lässt ihn nicht in ihr Herz.

Wenn Männer in Haus kommen, dann schläft sie, weil sie weiß, wenn Männer da sind, dann verbleibt der Sohn noch unter ihnen. Der Sohn lebt. Ich möchte nicht, dass sie mit Gram auf der Seele aus dieser Welt geht …"

Onkel Bukar ließ den Kopf sinken und schwieg. Das traurige Aussehen des sonst munteren und fröhlichen Liederfreundes und Spassmachers versetzte auch den Jungen in Sorge.

„Warum sagt er nicht zum Großvater ebenfalls: Es wird Frühling und die Krankheiten verschwinden, alles wird gut", fragte sich der Junge im Inneren. „Vielleicht hatte er es gleichzeitig auch an Großvater adressiert, als er die Worte an die Urgroßmutter richtete?"

„Komm, Söhnchen, auf dem Grünen Strom haben die Kinder eine schönen Rodelbahn angelegt", sagte Onkel Bukar. „Nimm deinen Schlitten und rodle ein bisschen."

Der Junge schaute den Großvater an, ihm war wichtig, was er dazu meinte.

„Geh, mein Sohn, geh."

Der Junge trat auf die Terrasse hinaus, aber ging nicht zur Rodelbahn. Wieder fielen dichte Schneeflocken. Vom Grünen Strom war Kinderlärm zu hören, aber heute zog es ihn nicht dahin. Ihm schien, dass er den Lärm des großen Flusses hörte …

Die Zeit verstrich. In der menschenleeren und weißen Welt hatte sich dem Jungen ein riesiges Geheimnis eröffnet. Er wusste nur noch nicht, mit welchen Worten er es umschreiben sollte, aber er war fest davon überzeugt, dass sich irgendwann alles aufklären, alles erkennbar werden würde. Und diese Überzeugung sollte das erste Anzeichen dafür sein, dass der Junge erwachsen wird.

Der Junge drehte sich zum Schalbusdag um, der im dunkelblauen Abendlicht seine Konturen nicht verloren hatte und einem Riesen ähnelte.

„Lieber Schalbusdag, erfülle das, was der Großvater wünscht …"

Dann kehrten Mutter und Großmutter zurück.

„Warum bist du nicht Schlittenfahren gegangen?", fragte die Großmutter.

„Ich wollte nicht."

„Hast du die Hausaufgaben gemacht?", wandte sich Mutter an ihn.

„Mache ich noch. Wenn Onkel Bukar fort ist."

Vor dem Schlafengehen wurde im Ofen, vor dem die Großmutter wieder getrockneten Mist aufgeschichtet hatte, erneut das Feuer entfacht, und der Geruch von im Ofen gebackenen Kartoffeln und angewärmtem, in Stücke gebrochenem Schich-Lawasch erfüllte die Luft. Mutter fütterte Urgroßmutter mit in Milch eingebrocktem gekrümeltem Brot wie ein Kind mit einem Teelöffel.

„Aus deinem Kind soll eine ganze Stadt hervorgehen, meine Liebe", sagte die Urgroßmutter, mampfte mit dem zahnlosen Mund und legte große Pausen zwischen den Worten ein. „Möge Licht von ihm auf dich fallen."

„Was möchtest du denn essen, mein lieber Mann?", richtete Großmutter die Frage an den Großvater.

„Gib mir Kambar."

„Aus Minze? Oder aus Sur? Welche möchtest du?"

„Aus Sur."

„Sur ist ein Gewächs, das auf den Abhängen des Heiligen Schalbusdag gesammelt wird …“, dachte der Junge und verstand gut, woher dieser, sein Gedanke entsprang.

Großmutter schüttete saure Milch in eine Schüssel und mischte einige Löffel Kambar ein. Dann half sie Großvater beim Aufsetzen, legte ein Kopfkissen in den Rücken und stellte die Schüssel mit Kambar samt Löffel vor ihm hin. Ihm unter die Arme zu greifen oder sich ans Kopfende zu setzen, erlaubte er nur der Großmutter und niemandem anderes. Warum das so war, wusste der Junge nicht.

Der Junge nahm Kartoffeln aus dem Backofen, legte zwei davon auf ein gutes Stück Lawasch und drückte es von zwei Seiten mit der Handfläche zusammen. Dann hob er das Brot auf der einen Seite an und begoss die gebackenen Kartoffeln löffelweise aus einem Glas mit gesalzenem, flüssigem Quark.

Er wusste, was Großmutter jetzt sagen würde, aber dachte: „Kann ja sein, dass sie diesmal schweigt.“

„Vergiss nicht, Butter drauf zu schmieren, mein Söhnchen“, tat Großmutter auch wirklich kund, als wäre sie in diesem Hause nur dafür ausgewählt worden, um daran zu erinnern, dass man zu gebackenen Kartoffeln Butter hinzufügen müsse. „Schau, wenn du keine Butter isst, dann wirst du das Schulwissen schlecht behalten können!“

Der Junge mochte keine Butter. Ihm schien, dass Butter rieche – nach Kuh oder irgendetwas anderem Unverständlichen.

„Schmier sie drauf, Großvaters Held, du, schmier Butter drauf! Du musst wie ein Mann essen. Dann wirst du schneller wachsen“, war auch Großvater mit Großmutter einer Meinung.

Der Junge erinnerte sich an das an den Schnee gerichtete Gebet des Großvaters.

Er hob das Lawasch von der anderen Seite an und beschmierte die Kartoffeln mit einem vollen Löffel Butter. Er dachte, dass er es so besser sein würde, damit Großmutter ihn nicht mehr an die Butter erinnern müsste. Er wurde erwachsen…

„Taut der Schnee?“, fragte Urgroßmutter.

„Er taut“, antwortete die Großmutter. „Morgen wird die Sonne scheinen.“

Der Junge durchschaute, dass Großmutter nicht scherzte und sich Mühe gab, damit Urgroßmutter Mut schöpfte.

Dann richtete die Mutter die Betten. Alle schliefen in einem Zimmer. In den anderen Zimmern war es kalt. Der Platz des Jungen befand sich am zweiten Fenster, auf der anderen Seite des Ofens. Großmutter legte sich neben das Bett, und Mutter zu Füßen der alten Großmutter.

Großmutter entzündete die Petroleumlampe und schaltete das Licht aus. Nach einiger Zeit schliefen sowohl Urgroßmutter als auch Großmutter und Mutter ein.

Der Junge konnte nicht einschlafen. Er wusste, dass Großvater auch nicht schläft, weil der oft seufzte, schwer atmete, und es war zu hören, wie er die Finger über den Rosenkranz gleiten liess.

Der Junge hätte niemals gedacht, dass Großvater so geschwächt sein könnte, aber in diesem Winter hatte er ganz schön nachgelassen.

Und dabei war Großvater doch ein richtiger Dshigit gewesen, der unberittene Hengste gezähmt, Pferde beschlagen, gepflügt, gemäht hatte, in die Berge gegangen ist, um Schafe zu hüten, und jagen ging. Einmal hatte er auch seinen Enkel zu den Pferden unterhalb des Schalbusdag mitgenommen.

Sie sammelten Sur. Obwohl das Sursammeln an den Abhängen als Frauenangelegenheit angesehen wurde, nahm sich Großvater der Sache an. So sehr liebte er Kambar aus Sur. Großvater war es auch, der riesengroße Bände las.

Zu Hause, in Großmutters Truhe, lagen drei dicke Bücher: „Krieg und Frieden", „Das Kapital" und ein „Russisch-Lesgisches Wörterbuch". Er borgte sie niemandem aus, und wenn jemand darum bat, dann sagte er: „Komm zu uns nach Hause und lies da."

Besonders oft erschien der Lehrer Ramasan im Hof und fragte nach verschiedenen Wörtern:

„Ich bitte dich sehr, sieh doch mal nach, wie „Zeisig" auf Lesgisch heißt!"

Der Großvater öffnete das Wörterbuch auf dem Geländer der Veranda, suchte das nötige Wort heraus und antwortete:

„Shishich."

Großvater war auch Schneider. Eine Fotografie, auf der er zusammen mit seinen Freunden nach der Beendigung von Schneiderkursen in Pjatigorsk aufgenommen wurde, hängt eingerahmt im Gästezimmer. Großvater, noch jung, voller Kraft, mit dem Adlerangesicht eines Bergbewohners. In jungen Jahren nähte er den größten Teil der Hosen, Jacken, Hemden, Tscherkesskas für die Männer des Dorfes. Er nahm kein Geld und sagte: „Die Materialien sind deine, die Arbeit – meine."

Eines Tages kam sein Freund Gani, ein Jäger, der gern angab und zur Schau stellte, und dazu noch Kolchosvorsitzender war. Er sagte zu Großvater:

„Schneidere mir neue Hosen, ich gebe dir Geld, soviel wie du verlangst." Darauf antwortete der Großvater etwas, weshalb dann das ganze Dorf Gani ausgelacht hat. Der Enkel ging damals noch nicht einmal in die

Schule, über das zwischen den beiden Freunden Vorgefallene hat er erst viel später erfahren, als er deutlich älter war. Aber damals ging das so aus, dass Großvater, obwohl es nicht seine Schuld war, dem Vorsitzenden nochmals eine Unannehmlichkeit zufügte, mit dem er sich zuvor gerade erst mit großer Mühe und Not vertragen hatte.

Jedes Mal, wenn Gäste kamen, rief Großvater auch den Enkel ins Gästezimmer, veranlasste ihn, alle mit Handschlag zu begrüßen, lud ihn zu etwas von der Tafel ein, was dem Geschmack des Jungen entsprach.

„Mein Sohn", sagte eines Tages einer der Gäste, der unbemerkt und heimlich auf die Veranda hinausgetreten war, zum Jungen: „Ich gebe dir einen Rubel, da, nimm", und er steckte dem Jungen einen zerknüllten Rubel in die Brusttasche des Hemdes. „Wenn der Großvater dich ins Zimmer ruft, dann sage zu Gani: Hast du unter deiner Hose was drunter?"

Dem Jungen schien, dass es nicht schlecht sei, für einen Rubel zu scherzen. Er wusste, dass Großvater und seine Freunde gern Späße machten. Der Junge wurde ins Zimmer gerufen und Großvater sagte ihm:

„Begrüße die Gäste, drück ihnen die Hand, mein Falke."

Als die Reihe an Gani kam und er seine Hand hinhielt, fragte der Junge: „Hast du unter deiner Hose was drunter?"

Es begann ein Gelächter, als wenn ein Berg eingestürzt wäre!

Bei Gani brach der Schweiß aus, er wurde ganz rot und schaute mit lodernden Augen auf Großvater. Und der Junge sah, dass Großvater nicht lachte.

Großvater ging auf die Knie und fasste den Jungen an die Schulter:

„Du hast einen Gast beleidigt, mein Sohn. Sag mir schon, was geschehen ist."

Woher hätte der Junge schon wissen können, dass irgendwann Gani den Großvater gebeten hatte, ihm Hosen zu schneidern und Geld ins Gespräch brachte, und Großvater ihn gefragt hatte:

„Soll ich dir Hosen mit oder ohne was drunter machen?" Obwohl Großvater gescherzt hatte, war Gani sehr beleidigt gewesen. Der Vorsitzende hatte einige Jahre nicht mit Großvater gesprochen. Aber Großvaters Charakter entsprach es nicht, Freunde zu verlieren. Er versuchte Gani zu besänftigen, schenkte ihm neue Hosen, zeigte ihm andere Zeichen der Aufmerksamkeit, aber der ging nicht auf eine Versöhnung ein. Schließlich entschloss sich Großvater, ihm das Buch „Das Kapital" zu schenken, und erst danach verzieh Gani dem Freund. Er nahm auch die neuen Hosen entgegen und bedankte sich gleichfalls für die anderen Aufmerksamkeiten …

… Jetzt hatte der Junge auf die Lampe geschaut, sich im Bett an diesen

Vorfall erinnert und den Gedanken hingegeben. Gani war einer derjenigen, die Großvater oft besuchten, nachdem er bettlägerig geworden war. Jedes Mal, wenn er kam, schämte sich der Junge und ging aus dem Haus. Gani bemerkte das und sagte ihm eines Tages:

„Du bist wohl ein Junge mit Gewissen? Ein Mann … Was war, vergiss es. Komm her, erzähle, wie du lernst. Behandelt dich dein Lehrer Ramasan gut?"

Gani streichelte dem Jungen über den Kopf, was dem nicht sonderlich gefiel. `Wenn ich ein Mann bin, warum streichelt er mir über den Kopf´, dachte er. `Er hat Mitleid mit mir´. Aber er zeigte nicht, was er im Herzen fühlte, und antwortete:

„Der Lehrer Ramasan behandelt mich nicht schlecht … Manchmal bittet er mich, dass ich ihm aus dem Wörterbuch die Übersetzung einiger russischer Wörter auf Lesgisch herausschreibe, und dann ich bringe sie ihm."

Innerhalb der Deckenlampe begann die Flamme zu „springen". Der Junge verstand, dass das Petroleum zu Ende ging. Gleich würde das Licht ganz ausgehen. Großvater war endlich eingeschlafen, denn der Rosenkranz klapperte nicht mehr. Auf dem Ofen, in dem noch Feuer brannte, stieß der Teekessel einen zischenden Laut aus. „Das hört sich an, als würde man von weitem den Großen Fluss hören", ging es dem Jungen durch den Kopf, und dieser Gedanken erweckte eine klare Freude in ihm.

Er schloss die Augen und stellte sich vor, wie alles hinter dem Fenster – das Dorf, der Schalbusdag, die Felder, der Große Fluss – vom Schnee verzaubert ist. Ihm schien, dass er mit geschlossenen Augen rundherum sehen könne. Von diesem Bild in ein Gefühl vollkommener Wonne versetzt schlief er ebenfalls ein.

Am Morgen wachte der Junge auf, als Mutter und Großmutter aufstanden.

Urgroßmutter und Großvater schliefen noch. Großmutter trat an das Kopfende der einen, dann des anderen, schaute und hörte auf ihren Atem.

„Schlaf, es ist noch früh", sagte die Mutter zum Sohn. „Bis zur Schule ist noch viel Zeit."

Der Junge wusste, dass die Mutter Schnee vom Dach runterschippen würde.

„Ich gehe mit dir", sagte er.

„Das ist nicht nötig", sagte die Mutter. „Schlaf."

„Ich tauge nicht mehr dafür, warum verbietest du es ihm, soll er doch gehen", sagte Großmutter im Befehlston. „Geh", wandte sie sich zum Jungen, „nimm die Gerätschaften mit aufs Dach."

Es war noch nicht ganz hell geworden und trüb, aber es schien, dass vom frisch gefallenen Schnee ein Licht ausging. Im Dorf begaben sich bereits alle auf die Dächer. Onkel Bukar schaufelte ebenfalls Schnee vom Dach seines Hauses.

„Prachtkerl!", sagte er dem Jungen. „Jetzt bist du ein richtiger Mann."

Der Junge probierte, sich wie Onkel Bukar auf die Außenseite des Rechens zu stützen und den Schnee vom Rand des Daches zu schieben. Aber nach drei Schritten hielt er an: Um den zusammengepressten Schnee fortzubewegen, reichte die Kraft nicht.

„Nimm weniger vom Ende", sagte die Mutter, die dasselbe mit einer Holzschaufel tat.

„Mama", der Junge konnte die in seinem Herzen versteckte Frage nicht zurückhalten, „warum hat Onkel Bukar gestern Urgroßmutter „einen alten Mann" genannt?"

„Ganz alte Frauen nennt man so, Söhnchen. Wie soll man denn eine alte Frau anders nennen, wenn sie im Hause, in der Wirtschaft schon keine ihr zustehenden Frauenpflichten übernehmen kann?"

„Und Großmutter und dich wird man auch mal so nennen, wenn die Zeit soweit ist?"

„Wenn wir bis zu diesem Alter der alten Großmutter durchhalten, ja."

Der Tag schritt weiter voran, und immer mehr Menschen stiegen auf die Dächer. Sie riefen sich einander aufmunternde Worte zu und gaben die Dorfgerüchte weiter. Aber in einer Welt, in der so ausgiebig Schnee gefallen war, was konnte es außer dieser noch für Neuigkeiten geben?

Besonders hell ertönten die Stimmen der jungen Mädchen.

„Gibt es an der Karkun-Quelle Wasser?"

„Nein, sie ist eingefroren."

„Und wie steht es um die Lacham-Quelle?"

„Das Wasser fliesst fingerbreit. Geh zur Alpan-Quelle."

„Welcher Weg macht sich besser?"

„Geh über den unteren Weg. Der obere ist ganz vereist. Gestern ist Perichanum gefallen, ihr Krug ist zerbrochen."

„Gut, dass der Krug zerbrochen ist und nicht sie selbst", mischte sich Onkel Bukar ein.

Der Tag wurde immer klarer, aber der Himmel ähnelte blauem Eis. Es war windstill, aber der Frost griff um sich. Über den frischen Schnee wurden zunächst von den Mädchen und Frauen, die nach Wasser gingen, neue schmale Pfade angelegt, dann eilten die Kinder in die Schule.

Der Junge war erhitzt, seine Wangen waren errötet, aber er fühlte den Frost nicht. Beschwingt dachte er daran, was er heute für eine Hilfe für Mama war, dass das dem Großvater Freude bereiten und er mit ihm zufrieden sein würde.

Als sie sich vom Dach herunter begaben und ins Haus traten, weinte Großvater. Er weinte, zuckte wie ein beleidigtes Kind, und aus den Augen flossen Tränen wie aus einem Bach. Großmutter legte einen Finger an die Lippen, stand schweigend da und wiegte mit dem Kopf.

Mutter hatte verstanden, der Junge verstand überhaupt nichts.

„Großmutter, was ist los?", fragte er mit zitternder Stimme. Unerwartet schlich sich, woher auch immer, eine Sorge in ihn ein.

„Dein Großvater ist verwaist", sagte die Großmutter. „Die alte Groß-mutter ist eingeschlafen."

„Sei gerühmt, Allmächtiger, gerühmt!", Großvater hörte auf zu weinen und wischte sich mit den Flächen der ausgetrockneten, schwachen Hände seine eingefallenen Augen aus. „Jetzt kannst du auch mich holen. Ich bin bereit."

„Geh, sag es den Leuten", bedeutete Großmutter zur Mutter. Dann drehte sie sich zum Enkel um: „Und du kannst in die Schule gehen, du kannst aber auch zu Hause bleiben bei der Tante. Komm dann am Abend zurück. Iß erst und dann geh."

Der Junge ging in die Schule.

Heute fragte ihn der Lehrer Ramasan nichts. Weder kontrollierte er die Hausaufgaben noch interessierte er sich, wie es dem Großvater geht. Aber er lobte den Jungen vor allen, indem er erzählte, dass er der Mutter beim Herunterschippen des Schnees vom Dach geholfen hätte, und rief alle auf, sich an ihm ein Beispiel zu nehmen. Warum der Lehrer das gerade jetzt machte, verstand der Junge. Seit dem gestrigen Tag war er ein wenig er-wachsen geworden.

Als er von der Schule zurückkehrte, wurde die Urgroßmutter gerade auf den Friedhof getragen. Die Männer in Pelzmänteln und Papachas, die Alten und nicht mehr ganz Jungen in einem langen Zug, trugen zuvorderst auf den Schultern die Totenlade mit der Urgroßmutter und gingen in Richtung Apfelplantage. Der Friedhof befand sich innerhalb der Kolchosplantage.

Der Junge stellte sich an das Ende der Veranda.

Hinter den Männern gingen auch die Frauen, aber der Junge wusste, dass sie nicht in die Plantage eingelassen werden, sondern am Grünen Druschplatz bleiben und von weitem zuschauen werden.

Niemand beweinte Urgroßmutter. Dem Jungen schien, dass in der Wahrnehmung der Erwachsenen das Ende der Urgroßmutter und der Schneefall oder der dichte Nebel, der vom Großen Fluss heraufzog, alles gleich und gleichbedeutend war. Im Inneren der Seele tat ihm Großmutter leid.

Andererseits, überlegte er, kann es sein, dass für einen beerdigten Toten ein neues Leben beginnt. In einem der Märchen der Urgroßmutter warfen die Widersacher Scharwili[7] in eine tiefe Grube und verdecken sie oben mit einem riesigen Brocken. Aber Scharwili erreichte ein anderes Land, wo die Menschen glücklich sind, wo es keine Feindschaften, keinen Verrat und Betrug gibt, wo man offenherzig und treuherzig ist. „Vielleicht kennt die Urgroßmutter den Weg in dieses Land", dachte der Junge. „Woher sollte sie sonst so viele Märchen und andere interessante Geschichten kennen? Deshalb beweint sie auch niemand."

Der Zug der Männer war nicht mehr zu sehen. Die Frauen standen schon, bildeten eine Reihe und schauten von der Höhe in den Garten der Apfelplantage hinunter.

Plötzlich erregte den Jungen der Gedanke, dass Großvater ja im leeren Haus allein im Bett liegt. Er eilte zum Großvater.

„Warst du in der Schule?", fragte der. Es schien, dass in seinen Augen irgendein unverständliches Licht brannte.

„Ja."

„Unsere alte Großmutter ist von uns gegangen", sagte Großvater. „So ist das Gesetz des Lebens, mein Sohn, der Allmächtige hat das so eingerichtet. Nimm es dir nicht so zu Herzen. Du bist doch ein Mann. In unserem Haus bist du jetzt der Mann, mein Sohn."

„In unserem Haus bist du der Mann, Großvater", wollte der Junge sagen, aber er erwiderte nichts. Er setzte sich auf den Bettrand und ergriff die ausgetrocknete, kraftlose und schlaffe Hand des Großvaters.

Großvater hatte seine gedachten Worte scheinbar gehört.

„Ich bin jetzt ein Nichts, mein Sohn ... Ich konnte nicht einmal meine Mutter auf dem letzten Weg begleiten ... Geh jetzt in der nächsten Zeit nirgendwohin. Bleib hier. Morgen gehst du weder in die Schule noch zur Tante."

Die letzten Worte des Großvaters verstand der Junge nicht, aber er nickte mit dem Kopf, der in der Ohrenklappenmütze steckte, und war einverstanden:

„Gut, Großvater."

Großvater griff an ein hängendes Ohr der Mütze, zog leicht daran und sagte:

„Nimm die Mütze vom Kopf und beug dich mit dem Kopf hierher", dabei küsste er ihn auf die Stirn.

Die Augen des Jungen füllten sich mit Tränen und, weil er sie Großvater nicht zeigen wollte, drehte er sich zum Fenster hin. Er wusste nicht, dass die Augen des Großvaters ebenfalls mit Tränen bedeckt waren.

Hinter dem Fenster schneite es wieder, wieder fielen dichte und große Schneeflocken in die Welt.

Dann füllte sich das Haus mit Menschen. Im Kaminzimmer versammelten sich die Männer, im anderen Raum wurde noch schnell der andere Ofen geheizt, damit sich dort die Frauen treffen konnten.

„Junge, was machst du hier?", fragte Onkel Bukar. „Geh zu uns rüber."

„Großvater hat gesagt, dass ich hier bleiben soll."

„Dann setz dich neben mich", Onkel Bukar nahm den Jungen bei der Schulter und drückte ihn an sich. Sie saßen zu zweit am Fenster, an dem Platz, wo der Junge immer schlief.

Die Männer sprachen wenig. Wenn sie ein-zwei Worte verloren hatten, schwiegen sie wieder lange. Schließlich begann der Mulla, Großvater Nurmagomed mit dem langen weißen Bart, ein Gebet zu lesen. Seine saubere und melodiöse Stimme erschütterte das Herz des Jungen, in seiner Seele vermehrte sich die Trauer, und die schmerzte. Wie die anderen Männer saß auch er mit gesenktem Kopf da. Das Gebet endete nicht. Dem Jungen schien, dass es dem Lärm des Großen Flusses ähnelte. Schließlich vergass er alles um sich herum und schlief wohlig ein …

Am Morgen weckte ihn ein lauter Schrei der Mutter. Mutter weinte, wobei sie über das Bett des Großvaters gebeugt war und am ganzen Körper zitterte.

„Vater! Vater-dshan[8]! Wach auf!"

Großmutter zerrte sie zurück:

„Beruhige dich. Mach dich nicht verrückt … Sein sehnlichster Wunsch ist in Erfüllung gegangen … Er braucht uns schon nicht mehr …"

Der Junge hielt ein Schluchzen zurück, im Hals würgte es. Er lag dort, wo er gestern bekleidet gesessen hatte, und war zugedeckt mit einem Pelz. Den Kopf unter dem Pelz versteckt gab er keinen Laut von sich, kämpfte einige Minuten mit dem Weinen und überlegte: ‚Wie kann sich Großmutter so beherrschen? Hat sie wirklich so ein starkes Herz? Keine Träne floss aus ihren Augen. Wie ein richtiger Mann. Wahrscheinlich hat sie die Stufe eines alten Mannes erreicht.'

Unerwartet flatterte der Pelz vom Jungen herunter. Großmutter hatte ihn heruntergezogen.

„Steh auf, ich weiß, dass du nicht schläfst."

Die Frauen und Verwandten, die aus den Nachbaraulen zur Beerdigung von Urgroßmutter gekommen waren und hier übernachtet hatten, waren schon auf den Beinen. Alle waren mit irgendetwas beschäftigt, auf den Jungen achtete keiner. Niemand war besonders erregt, als wenn alle wussten, dass Großvater sterben würde, als ob das zwangsläufig so sein musste.

Der Junge ging auf die Veranda. Rundherum war alles in frischen Schnee gehüllt. Es begann gerade hell zu werden. Am Himmel war kein einziges Wölkchen zu sehen. Der Junge dachte: ‚Auch heute wird es sonnig, aber am Abend schneit es vielleicht wieder', und wunderte sich selbst über seinen Gedanken, denn er hatte niemals darüber nachgedacht, ob sich das Wetter ändert oder nicht, oder wie es morgen werden würde. Ihm war das immer egal gewesen, darüber sollten die Erwachsenen nachdenken. Aber heute war er wieder ein wenig erwachsener geworden.

Er nahm ein Arbeitsgerät aus dem Stall vor dem Haus und begab sich aufs Dach. Onkel Bukar war noch nicht zu sehen, und auf die anderen Dächer war auch noch niemand gestiegen. Der Junge dachte: ‚Bevor sich die Leute im Hof versammeln, muss ich den ganzen dicken Schnee vom Dach runtergeschoben haben.' Er begann den Schnee vom Dachende her zu räumen. Er wollte das Geschehene vergessen, aber es gelang ihm nicht. Er musste stets an Großvater denken: ‚Vielleicht ist er gar nicht gestorben, sondern schläft nur?' Als er aus dem Haus gegangen war, hatte er den am Bett heruntergefallenen Rosenkranz erblickt und verstand augenblicklich die ganze Fruchtlosigkeit seines Gedankens.

Er hatte schon einen kleinen Teil des Daches gesäubert, als Onkel Bukar mit den Rechen kam, aber er begab sich nicht auf sein Dach, sondern kam zu ihm.

„Na komm, ich helfe dir", sagte er und schaute aus seiner weißen, zotteligen Papacha in die Augen des Jungen.

Mehr sagte er nicht, harkte mit den Rechen und den starken Armen die Ränder des Daches und warf den Schnee hinunter. Heute scherzte er nicht und äußerte ebenfalls kein aufmunterndes Wort.

Auch auf die anderen Dächer stiegen die Dorfbewohner.

‚Wenn sie Onkel Bukar auf unserem Dach sehen, erahnen viele, dass Großvater gestorben ist', dachte der Junge. ‚Deshalb scherzt er auch nicht, und wechselt auch keine Worte mit den anderen auf den Dächern.'

Im Osten wurde der Himmel von roten Strahlen beleuchtet, aber die Sonne war noch nicht aufgegangen. Der Große Fluss stürmte nicht. Dass die Zeit nicht stehen geblieben war, davon zeugten nur die Strahlen, die sich nach und nach am Rande des Himmels verdichteten.

„Du kannst den Rechen hier lassen", sagte Onkel Bukar. „Wir gehen zu uns, essen schnell was und kommen zurück."

„Ich will nicht."

„So geht das nicht. Wir haben alle unsere Großväter verloren. Du wirst heute den ganzen Tag auf den Beinen sein. Du musst essen, Söhnchen. Gehen wir …"

„Und wann wirfst du den Schnee von deinem Dach?"

„Frühstücken wir, und dann schippe ich."

Der Junge ging hinter ihm her.

Der Tag verging schnell. Der Hof füllte sich wie gestern mit Menschen. Großvater wurde zum Friedhof getragen. Zu dem Jungen sagte niemand etwas. Zusammen mit den erwachsenen Männern im Zug ging er auf den Friedhof. Nur einmal, als er den Arm zur Totenlade anhob (die Schulter reichte noch nicht bis dahin), sagte Onkel Bakur ruhig:

„Geh weg. Du kannst die Schulter reichen, wenn man mich wegtragen wird."

Der Junge war zufrieden mit seinem Durchhaltevermögen und seiner Ruhe, die er in diesen Minuten zeigte. Er war froh, dass er sich so benehmen konnte wie die anderen erwachsenen Männer. Er riss sich auch dann zusammen, als Großvater ins Grab hinabgelassen wurde. Er sah damals zum ersten Mal in ein Grab hinein. Zwei junge Männer betteten den Großvater, der in ein Leichengewand gekleidet war, auf die rechte Seite in eine Vertiefung, die auf dem Grund des Grabes ausgehoben war. Dann, als sie begannen, flache Steine ins Grab hinunterzulassen, wunderte sich der Junge. Er litt, als der Körper des Großvaters mit Steinen zugedeckt wurde. Als jene zwei aus dem Grab hochgestiegen waren, warfen die Männer der Reihe nach Erde hinein. Jeder von ihnen benutzte dabei eine Schaufel, daraufhin ging man weg, legte die Schaufel hin, ein anderer hob sie auf und warf ebenfalls Erde in das Grab.

„Nimm, wirf du auch, dazu bist du verpflichtet", sagte Onkel Bukar und legte die Schaufel auf die Erde. Für den Jungen blieb es ein Geheimnis, warum die Schippe jeweils auf den Boden gelegt und nicht von Hand zu Hand gereicht wurde. Er warf einige Male kleine und gewaltige Klumpen harter Erde in das sich schon füllende Grab.

Über der Grube bildete sich bald ein länglicher Hügel. An zwei seiner Enden wurde ein flacher Stein aufgestellt. Mulla Nurmagomed formte eine Vertiefung auf dem Grabhügel und wollte dorthinein aus einem kleinen Krug Wasser giessen, aber es floss keines heraus – es war eingefroren. Onkel Bukar zerschlug das Eis mit dem Griff einer Schippe, band dann einen Stein mit einem weißen Flicken Stoff an das Kopfende. Danach setzte er sich selbst an das Kopfende des Grabes und begann ein Gebet zu lesen.

Durch das Gebet ausgelöst begann beim Jungen wieder ein Klumpen der Beleidigung und Kummers zur Gurgel zu rollen. Er schloss die Augen und bemühte sich, den Mund kräftig zusammenzupressen und das ausbrechende Schluchzen zurückzuhalten, was ihm schlecht gelang. Bukar bemerkte das und drückte den Jungen an sich. Der Junge zitterte unter seinem kräftigen Arm.

„Auch das gibt es, Söhnchen. Nimm dich zusammen", flüsterte er, um das Gebet nicht zu stören. „Nun, ich werde dir zwei Krümel Graberde in den Rücken werfen und dein Kummer geht vorbei."

Der Junge sagte nichts, er kämpfte mit dem ankommenden Schluchzen. Von den eiskalten Krümeln Erde, die ihm in den Kragen geworfen wurden, begann er noch stärker zu zittern. Ein Schrei löste sich bei dem Jungen. Er zuckte und weinte lauthals schluchzend. Aber niemand sagte ihm etwas. Das Gebet war noch nicht zu Ende. Alle standen durchgefroren mit Händen in den Taschen da und starrten auf die Erde.

Der Junge rannte vom Friedhof. Er schämte sich, dass er sein Schluchzen nicht ersticken konnte. Er konnte sich nicht zum Grünen Druschplatz begeben, dort standen die Frauen. So rannte er durch den ganzen Apfelhain, über nicht berührten Schnee, achtete nicht auf den Weg und blieb an einem solchen Ort stehen, wo ihn niemand sah. Dort fiel auf die Knie und weinte sich richtig aus.

Nachdem er sich beruhigt hatte, fühlte er sich völlig entleert. Es gab keinen einzigen Gedanken, keine Empfindung, keine Erinnerung. Als ob in seinem Inneren wie rundherum eine dicke Schicht Schnee liegen würde.

„Steh auf, Söhnchen, wir müssen gehen", die Worte Onkel Bukars ließen ihn zusammenfahren. Kräftige Männerarme hoben ihn hoch und stellten ihn auf die Beine.

Der Junge liess den Kopf sinken.

„Als mein Großvater gestorben ist, habe ich auch geweint. Dafür muss man sich nicht schämen ... Gehen wir."

Der Tag neigte sich dem Abend zu. Zuerst sanken die Wolken als Streifen über den Abhang des Roten Berges, dann kroch ein Teil von ihnen zum Schalbusdag. Danach schneite es wieder.

Am Abend, als die Leute in die Häuser auseinander zu gehen begannen, schlief der Junge wieder am Ofen ein. Die Großmutter warf ihm den Schafspelz über. Er träumte von einem Vorfall, den er mit dem Großvater auf der Jagd erlebt hatte.

... Über den Abhang, der mit einer dichten Schicht Schnee bedeckt war, rennt ein Hase. Dahinter verfolgt ihn ein Fuchs. Der Hase jagt in Richtung Großvater. Der Großvater schaut verwundert: „Sehen sie mich etwa nicht? Oder sind sie vielleicht blind vom Schnee?" Nein, sie sehen. Der vom Rennen kraftlose Hase wirft sich in Großvaters Arme. Großvater schießt in die Luft. Der Fuchs verschwindet aus den Augen ...

Draußen schneite es die ganze Nacht.

„Es ist schwer ein Mann zu sein", das war der erste Gedanke, der dem Jungen in den Kopf kam, als er früh aufwachte. „Für die Männer dürfte die Angelegenheit nicht leicht sein."

Im Leben des Jungen war dieser Winter der schneereichste. Deshalb vergass er ihn nie wieder.

Den Schnee, der danach folgte, in den nachfolgenden Wintern, hat er nicht in Erinnerung behalten. Sie kamen und gingen.

Und es schneite und schneite.

* * *

Bei dem Mann, der vom Fenster einer städtischen Wohnung einen Blick auf die Welt warf, wo seit Jahren wieder einmal dichter Schnee gefallen war, vermischten sich in den Augen Freude und Trauer. Der Überfluss und die Reinheit des Schnees hatten ihn in das Heimatdorf jener weit zurückliegenden Jahre getragen.

Die großen Schneemengen, die gefallen waren, als Urgroßmutter und Großvater starben, hatte er nie vergessen. Mit diesen Schneemengen war er offensichtlich erwachsen geworden. Sie lehrten ihn, wie wichtig es ist, Mensch und Mann zu sein …

„Ich beschwöre dich, ich bitte dich sehr, Kindchen, spring nicht vom Dach", spricht die Großmutter. Durch den Schnee hört er ihre dünne, saubere und weiche Stimme.

„Ich beschwöre dich, ich bitte dich sehr …"[9]

Der Mann schaute aus dem Fenster und erkannte nun im Erwachsenenalter, dass aus solchen Worten Homers Gestalten sprachen. Das empfand er mit Freude und Stolz.

Den Hasen, der sich auf der Jagd in Großvaters Arme rettete, hatte der mit nach Hause genommen und sich um ihn gekümmert. Dann, als die Winterkälte vorbei war, übergab er ihn der Freiheit. Nach diesem Vorfall ging Großvater nicht mehr auf die Jagd, und sein Gewehr schenkte er Onkel Bukar …

„Im Herzen des Menschen muss in jeder beliebigen Situation Güte sein", bedeutete Großvater. „Diese Lehrstunde gab mir der Hase."

„Aber vielleicht war es der Schnee?", wollte ihn der jetzt am Fenster Stehende fragen. Er war überzeugt, dass er folgende Antwort erhalten würde:

„Der Schnee auch …"

„Es ist keine leichte Sache ein Mann zu sein", dachte der am Fenster Lehnende. „Das ist eine verantwortungsvolle Aufgabe. Männer dürfen sich keine leichten Wege suchen, sie müssen den Weg gehen, der sich vor ihnen öffnet."

Jetzt begriff er, warum Großvater nur der Großmutter gestattete (nicht einmal der Tochter) ihn unter die Arme zu greifen, um ihn am Kopfende des Bettes hinzusetzen. Großmutter zählte als seine Hälfte, sie war er. Und es geschah, dass er sich auch selbst am Kopfende aufsetzte und damit seine Würde gewahrt hatte.

Jetzt verstand er, warum die Männer auf dem Friedhof die Schaufel

105

nicht von einer Hand in die andere Hand übergaben, sondern auf die Erde warfen. Das bedeutete, dass man Gram nicht übergeben kann. Er darf nicht an einer Kette gehen, sondern muss unterbrochen werde, um nicht alle zu verstricken. Die auf die Erde geworfene Schaufel schien sie zu reinigen …

Draußen schneit es und schneit es.

Dem Schauenden scheint, dass sich hinter der Gardine und dem fallenden Schnee der Schalbusdag befindet, der menschliche Gebete hört. Es fließt der Große Fluss, an den nackten Bäumen des Apfelhains versammeln sich Schneeflocken, auf dem Grünen Druschplatz rodeln geräuschvoll die Kinder, auf dem Abhang des Roten Berges versammeln sich die Wolken. Dort, im Aul, erzählt jemand Märchen, die nach der Urgroßmutter geblieben sind. Dort, zwischen den Schneeflocken, schweben die Seelen der Urgroßmutter, des Großvaters, der Großmutter, der Mutter … Es ist möglich, dass sie an dieses Fenster heranfliegen, dann fliegen sie zurück …

Der Schnee säubert nicht nur die Menschen. Der Mensch ist aus Schnee und wird erwachsen, und er sammelt Verstand und Vernunft. Der Schnee erinnert uns daran, ob wir unser Leben richtig fixieren und scheint uns zu verpflichten, es nur ins Reine zu schreiben.

Der Schnee fällt …

fällt …

fällt …

Fasir Muallim

Das Paradies zu Füßen

Das Paradies befindet sich zu Füßen eurer Mütter (Hadith[10])

Unsere Mutter brüstete sich damit, vier Klassen der Mittelschule beendet zu haben. Besonders dem Vater gegenüber, der nicht einmal zwei Klassen abgeschlossen hatte, als er die Schule verließ. „Und ich hätte gern noch weiter gelernt, wenn mich der Vater nicht von der Schule genommen hätte."

„Es ist doch ein großes Glück, lernen zu können, das ist das Paradies – zu lernen", sprach sie.

Als ihr erster Sohn herangewachsen war, beschlossen meine Eltern, ihn gleich nach der Schule zum Lernen an eine Universität zu schicken. Sie verkauften Teppiche, sparten Geld an und gaben es einem Menschen, der ihn an der Philologischen Fakultät (muttersprachliche Abteilung) unterbringen sollte. Aber daraus wurde nichts. Der Bruder wollte nicht recht lernen, und der „Förderer" hatte sich auch nicht besonders bemüht zu „fördern": Er hatte ja sein Geld im Voraus erhalten. Wir waren klein, aber ich erinnere mich an diese Begebenheit, als jener Mensch zu uns anreiste und über das Scheitern informierte. Er war mit Melonen als Gastgeschenk gekommen. Ihm gegenüber verhielt sich Mutter feierlich, fast hochmütig: Sie war eine sehr strenge Frau, die keine Emotionen zeigte. Dann, nachdem er gegangen war, nahm sie eine Melone und warf sie mit Schwung auf den Boden. Die Melone zerbrach und flog auseinander. „Da sind sie, alle meine Bestrebungen haben in dieser Melone Platz gefunden!", schrie sie aus. Wir pressten uns an die Wand, verstanden nicht, was vor sich ging. Wir fühlten etwas Schlimmes, wollten aber auch Melone essen. Bevor die älteste Schwester den Fußboden aufräumen konnte, kamen wir wieder zu uns und traten von den tragischen Höhen herunter: „Mama, dürfen wir die großen Stücke essen? Sie sind noch ganz."

Bald wurde der Sohn zur Armee eingezogen. Er diente seine Zeit ab und kehrte wieder zurück. Nach der Armeezeit wurden die Versuche, ihn zum Lernen zu schicken, fortgesetzt. Die Eltern setzten sehr auf ihn, glaubten an ihn, hatte er doch gut in der Schule gelernt. „Besser als alle anderen Kinder", wiederholte Mutter immer. Aber auch diese Versuche endeten im Nichts. Der Bruder äußerte: „Ihr quält mich mit eurem Lernen!"

„Aber was sollen wir tun, Söhnchen?"

„Was für die anderen getan wird, das macht auch für mich."

So wurde er verheiratet.

Die enttäuschte Mutter sprach danach bei den restlichen Kindern das Thema nicht mehr an. Umso mehr als die nachfolgende Schwester und der nachfolgende Bruder, angefangen von der ersten Klasse, ungern lernten. Der Bruder meinte: „Ich gehe zur Miliz, ich brauche dieses Lernen nicht." Und von der Schwester wurde sowieso nichts verlangt: Zu diesen Zeiten war es für ein Mädchen sogar eine Schande zu lernen; es behinderte ihr Glück. Ja, ja, in den 1980er Jahren war das so in unserer Region.

Aber welchen Stolz erfasste Mutter, als ihre andere Tochter Bella ganz heimlich an einer Kulturbildungseinrichtung mit dem Berufswunsch Bibliothekarin aufgenommen wurde und dann noch mit Auszeichnung absolvierte. Anstandshalber schimpfte sie mit ihr natürlich: Wer wird dich jetzt heiraten, und so weiter. Aber Bella wusste, was sie tat. Sie las immer Bücher und war mit jüdischen Mädchen befreundet. Sie, die so verschlossen sind, nahmen sie als eine der ihren auf. Und den Namen – Bella – gaben sie ihr auch. In Wirklichkeit besaß sie einen Vornamen, den niemand aus anderen Nationalitäten aussprechen konnte. Der Bruder, der sich auf die Miliz vorbereitete, rief sie manchmal sogar Jüdin. Das war aber nicht bedeutungsgleich mit dem russischen „Jüdchen" – eher bedeutete es Fremde. Mich zum Beispiel nannte man einige Male „Russe".

Als ich an der Staatlichen Dagestan-Universität aufgenommen wurde, nahm Mutter das ruhig auf, Vater jedoch glaubte nicht recht daran – er wollte mich überreden, jemandem von den Lehrenden eine Art Schmiergeld zuzustecken, sonst würde ich rausfliegen. Er war überzeugt, dass ich mit einem Geschenk in der Hoffnung aufgenommen worden war, der Rest käme später. Aber ich flog nicht raus, ich ging selbst. (Wenn ich offen sein soll, so hat mich Machatschkala hinausgetrieben – aber ich will jetzt nicht offen davon reden.)

Wir gingen zur Heuernte und Mutter beschwerte sich bei den Nachbarn auf dem Heufeld, dass ich ein komischer Kauz wäre: Ich hätte die eine Hochschule geschmissen wegen einer noch größeren in Moskau. Dabei sei noch nicht einmal bekannt, ob ich aufgenommen würde. Sie beschwerte sich extra, um prahlen zu können. Die Nachbarn antworteten ihr, dass ich begabt sei (obwohl sie mich überhaupt nicht kannten) und dass Gott das Seine schon tue. Und Gott gab, was er konnte.

Rumina, die jüngere Schwester, verhielt sich zum Lernen mit der gleichen offenen Verachtung wie mein Bruder-Milizionär. Trotz der Geringschätzung dem Lernen gegenüber erwarb sie sich Lebensklugheit auf den Straßen, Höfen und an den Stränden von Machatschkala. Als einmal mein Freund Iwan mit mir zusammen Machatschkala besuchte, bereitete er mir ein doppeltes Kompliment: „Du hast so eine kluge Schwester. Sie ist sogar klüger als du."

Die jüngste Schwester kränkelte. Die Arme! Die Arme! Und in den letzten Jahren konnte sie nicht mehr laufen, dann nicht mehr sitzen – sie lag nur und schlug in epileptischen Anfällen um sich.

Mutter durchlebte vor ihrem Tod eine Krise: Ob sie Imara gekränkt hätte, vielleicht hatte sie sie irgendwie verletzt? Ob sie die Tochter wohl nach dem Tod treffen könne, weil doch ein Mädchen, der in dieser Welt der Verstand abhanden gekommen sei, schon längst in jener Welt im Paradies weile.

„Und wird man mich da hineinlassen?", sagte Mutter, als sie starb.

Wir weinten zu ihren Füßen.

Das Wort erstarb

* * *

Engel leben mit dem Gehör, für sie ist das Musik, und für uns scheinen sie selbst Musik zu sein. Die Dshinns leben mit den Augen, für sie sind das Reiche und Bilder: Und uns scheinen sie sichtbar zu sein. Der Mensch aber lebt mit dem Herzen, für ihn ist das Poesie. Sowohl die dünne Materie (Engel) als auch die überaus feste Materie (Dshinns) dürsten nach Poesie. Und deshalb siedeln sie sich im Herzen des Menschen an, um Poesie aus dem Herzen zu trinken. Das Herz ist kein Schlachtfeld, sondern Platz der Versöhnung!

Die Poesie selbst besteht ebenfalls aus zwei Materien – einer festen (Wort) und einer dünnen (Idee). Aus zwei Materien und dem Schweigen. Die Idee wird aus dem Schweigen geboren, das Wort jedoch strebt zum Schweigen.

Das Wort liest die Stummheit auf, die von der Idee abgeworfen wurde – das erlaube ich mir von der Poesie zu sagen.

* * *

Das Herz ist die äußere Form, die Seele – die innere, und der Samen – ist der Inhalt. Das Herz ist die Ästhetik, die Seele – die Philosophie und der Samen – zu leben, leben, leben!

Die Seele versteckt sich im Herzen, mitunter wird sie geheimes Herz genannt.

Das Herz ist das Licht, die Seele – der Geruch, und der Samen – der Geschmack.

Das Herz ist sehend, der Samen – blind, die Seele – spricht.

Und der Verstand?

Den Verstand gibt es nicht. Der Verstand ist außerhalb des Textes. Der Verstand ist bei einem anderen – beim Schaffenden, beim Auferstehenden, beim Lesenden.

Es gibt nur Unverstand.

Das erlaube ich mir über das Gedicht zu sagen.

* * *

Der Dichter ist der Behüter des Geheimnisses und kein Wortjongleur. Die Worte enden, aber das Geheimnis ist ewig. Mir gefällt nicht, wenn aufgerufen wird, dem Wort zu folgen. Das Wort – pfui, ist ein Trugbild, eine Illusion.

Ein Wort ohne Geheimnis ist eine Leiche.

Die Propheten gehen von Gott zu den Menschen: mit einer Offenbarung, mit einem Geheimnis, die Dichter aber gehen von den Menschen zu Gott: mit einem Wort. Gleichwohl gehen sie auf ein- und demselben Weg.

* * *

Sprach ich schon davon, dass ein untätiger Mensch gleichsam ein Wort in einem Wörterbuch ist?

Und ein Mensch in Tätigkeit ist ein Wort von der Zunge.

Ein Mensch in Tätigkeit ist Magie, ein untätiger Mensch – ein einfaches Ritual.

* * *

Mir scheint, dass Gedichte, die im Unreinen eingesperrt waren, wie ein Ochse in einem dunklen, verschlossenen Schuppen Fett ansetzen oder wie Köter, die kein Licht zu Gesicht bekamen, bösartig werden.

Da sind Gedichte, die ich einst schrieb, nicht zu Ende brachte und zur Seite legte. Ich verstehe sie jetzt nicht mehr. Sie haben meine Seelenzustände nicht gesehen, ich vergaß ihre Sehnsucht. Sie sind meine verlassenen Kinder.

* * *

Und dann verstand ich, dass Heimat Sprache bedeutet. Ich dachte immer, dass Heimat die Menschen sind, mit denen es dir gut geht, aber nun erkannte ich: Heimat befindet sich im Mund, Heimat ist auf der Zunge.

Heimat – ist Sprache! Heimat – ist Sprache! Heimat – das ist Sprache!

* * *

Ich bin jetzt darauf aufmerksam geworden, dass das Wasser zu murmeln beginnt, wenn es unterwegs einem Hindernis begegnet. Das Wasser fängt an zu sprechen. So ist doch auch unsere Sprache entstanden – aufgrund eines Hindernisses, wegen einer Gefahr. So kann man mutig sagen, dass auch die Poesie dann geboren wird, wenn der Mund zugenäht wird.

Übrigens, wenn das Wasser den Durst stillt, flüstert es (ebenfalls). Das bedeutet, dass auch die Dichtung aus Liebe und Wünschen entsteht. Das sage ich euch!

In Istanbul floss Regen über die Wege, er lief durch die Gassen. Istanbul flüstert mir ins Ohr. Spricht.

* * *

Mir scheint, dass das Genre oder besser die Kontaktform des Dichters – der Dialog ist und nicht der Monolog. Sein Zustand ist die Reaktion, oder exakter sogar die Gärung. Und deshalb, glaube ich, bedeutet ein Thema vorgeben, ihn durch einen Monolog einzugrenzen, als ob er irgendetwas weiß und bereit ist, Wissen zu teilen.

Mir scheint, dass ein Dichter gerade derjenige Mensch ist, der im ständigen Staunen die Fragen wie ein Kind selbst stellt: „Was ist das? Was ist dort? Was ist hier?" Dass ein Dichter – scheint mir – der ist, der immer unterwegs ist, der die Möglichkeit hat und das Recht bekommt, Chisra zu sehen, das Grüne, das Symbol für das ewige Leben. Nur zu sehen, im Unterschied zu den Propheten, die das Recht haben, sich mit ihm zu treffen.

Wenn ich sagen soll, woraus ein Dichter besteht, so, denke ich, dass Gedichte nur Licht sind, das Baumblühen – der Dichter. An den Wurzeln befindet sich sein Gedächtnis, das jetzige Gedächtnis, das vorige Gedächtnis, das intuitive Wissen, am Stamm – seine Religion, an der Krone – die Tätigkeit. Aber es gibt doch außerdem Früchte und noch weiter – Samen und Kerne. Ich denke, gerade darüber muss man nachdenken, wenn wir uns fragen: Und warum schreibe ich? Oberflächlich kann eine solche Antwort möglich sein: sich mit Früchten sättigen, Nutzen bringen. Aber warum? Wenn wir jedoch die Oberfläche wegreißen, kann man vage auch eine andere Antwort entdecken.

* * *

Alle klugen Menschen, die ich getroffen habe, rieten mir stets: „Schreib alles auf, sammle – das ist Material. Jetzt schreibst du mit Begeisterung, dann aber, wenn die Begeisterung müde und alt wird, bleiben nur noch die Tagebücher als Hilfe." Ich bin nicht etwa – ich bin etwas müde geworden, und Begeisterung geht den Müden aus dem Wege. Zumal ich Angst hatte, wenn ich klugen Menschen zuhörte, etwas von ihren Gedanken zu verpassen, bevor ich sie aufschreiben könnte. Weil ich intuitiv annahm, und jetzt weiss ich es ganz sicher, dass das Wort ohne Menschen tot ist. Nun, nicht gerade tot, aber mit unvollständiger Kraft. Es gab die Wahl: es entweder verschlingen oder im Unreinen konservieren. Ich bevorzugte es zu essen, damit es selbst zu Wissen würde, und nicht zu verschieben, um das Wissen zu übergeben. Aber wahrscheinlich hätte man das auf irgendeine Weise vereinigen müssen.

111

* * *

Die Idee ist frei, das Wort im Gefängnis. Die Idee ist kämpferisch, das Wort demütig.

Die Idee ist frei von Fesseln, das Wort schamhaft.

Es gibt eine Idee – eine, eine.

Der Worte gibt es viele: „Zwei, auch drei, auch vier, die eure mächtigen Pranken in Besitz nahmen."

Einer Idee gereicht es zum Ruhm, dem Wort – zur Schande.

Die Idee wird versendet, das Wort geht zu Grunde.

Aj-j-j-j!

Sie haben es nicht einmal gewusst, dass die Idee immer wieder zurückkehrt und wie die Derwische in Trance sein wird. Sie drehen sich um das sterbende Wort und versuchen es zu beleben. Zu befruchten.

… Die Idee hüpft von Gipfel zu Gipfel, das Wort ist irdisch und körperlich.

Aber das Wort ist schön.

Und ein Wort flüsterst du mir ins rechte Ohr – in der Morgendämmerung.

Und ins linke Ohr – wenn es dunkel ist.

Hast du etwas gesagt, Sulejman?
(für R. A.)

* * *

Ich bin
ein totes Wort im Wörterbuch.
Wie kann man es herausziehen?
Du bist
– es tropft Honig von der Zunge –
lebendige Sprache.
Ich bin
ein See auf einem Berg
            auf dem da.
Du,
es fließt eine Fluss vom Berg.
            Bleib stehen!
Du bist
das entflammte Horn des Monats.

112

Gott!
Du bist
ein blutroter Sonnenuntergang, Ritual –
        l-l-l-l-l-l-l-l-l…
Du ,
Hast du was gesagt?
Ich
konnte es nicht hörn.

So beginnt der Morgen

Mein geliebter Freund Sulejman sagt, dass ein Gebet wie ein Baugerüst für das richtige Leben ist, welches dann anbricht.
„Eine Baukonstruktion.“
Ich wollte ihm antworten:
„Eine beliebige, regelmäßige geistige Praxis ist wie ein Baugerüst. Eine beliebige – und sei es auch nur das Zähneputzen am Morgen.“
Aber ich wollte Sulejman einen Gefallen tun, schaute ihm unverwandt in die Augen und log.
Schweigend.

Zwei Sprachen

Mein geliebter Freund Sulejman, der klare und zartfühlende, sagt, dass Poesie nicht nur Worte sind, sondern auch Bilder, aber auch eine Art zu denken und eine Vorstellung von der Welt.
„Das heißt, wenn ich auf Russisch schreibe, das heißt noch nicht, dass ich ein russischer Dichter bin?“
Er sagt:
„Natürlich nicht. Worte (und seien es russische) – sind wie ein Gefäß, in dem du deine lesgische Poesie aufbewahrst, um sie dem Folgenden – zum Beispiel meiner jüngeren Tochter – zu übergeben. Sie ist sehr nachdenklich: Wenn sie größer ist, wird sie wahrscheinlich eine Dichterin.
„Du hast eine Tochter?“, wundere ich mich.
„Zwei Töchter“, lächelt er. „Ich habe früh geheiratet.“
„Oh! Fertige noch eine Tochter und dann kannst du ruhig sündigen“, scherze ich.
„Warum?“
„Ich habe in der Kindheit gehört, dass derjenige, der drei Töchter hat und keine weiteren Kinder, automatisch ins Paradies gelangt.“

„Ins Paradies – automatisch?", lacht er.

„Ins Paradies, automatisch, ob du willst oder nicht", ich werde nachdenklich.

Und verstumme.

Dann fährt er fort:

„Worte sind ein Instrument, man muss sie benutzen und sich nicht vor ihnen verneigen."

„Ja", stimme ich zu und plötzlich unerwartet: „Aber mir gefällt es, wie du auf Lesgisch sprichst."

„Mir gefällt es, wie du auf Lesgisch schweigst", erwidert er.

Flüsternd

Mein geliebter Freund Sulejman erzählt:

„Etwas höher über meinem Dorf, im ewigen Schnee, hausen Schneewürmer. Sie sind ganz aus Schnee und ernähren sich von Schnee. Für sie ist Schnee etwas ganz Unterschiedliches. Das ist dasselbe, als wenn wir über uns sagen würden: Wir sind selbst aus Erde und wir essen Erde. Aber in Wirklichkeit sind wir aus Fleisch und Blut und essen Fleisch und Blut, nur fremdes. Diese Schneewürmer haben eine Größe von einer mittelgroßen Tasse. Sie kann man an den klitzekleinen roten Punkten erkennen. Das sind ihre Augen. Wenn du sie auf die Handfläche nimmst oder auf die Zunge, tränen sie und tauen. Von ihnen bleiben nur die roten Punkte und ein superdünnes Härchen übrig. Das sind ihre Augen und das Skelett. Das Härchen ist einem … eh … ähnlich. Wenn du es im geschmolzenen Wasser siehst, dann zieht es monatelang und bildet ebenso dünne rote Härchen – nun, Würmer, hast du das gesehen? ... Schläfst du?"

„Ich höre zu ..."

„Nun, und die Skelette sehen den Schneewürmern ähnlich – nur noch dünner und zarter. Wie deine Haare auf dem Kopf da."

„Na, dann lass uns diesen Sommer doch da raufklettern?", ich öffne die Augen.

„Das ist nicht so einfach, dort hoch klettern und sie sehen. Man muss lernen, sie zu erkennen. Das heißt lernen, sich zu konzentrieren, den Schnee vom Schnee zu unterscheiden."

„Wie das Licht von der Dunkelheit?"

„Ja."

Er sagt, dass die Schneewürmer Nahrung für die Gedanken sind.

„Das Buch", sagt Sulejman, „ist Fastfood des Gedankens und die Schneewürmer sind wie Essen zu Hause."

Und er fügt hinzu: „Die lesgische Küche", und lacht.

114

Mir gefällt, wie er lacht.

Allesfressende Zeit

Mein geliebter Freund Sulejman sagt, dass ein Mensch vor lauter Gewohnheit alt wird und vor Scham stirbt.
„Du meinst, dass …"
„Ich meine, dass wir altern, weil wir eine lineare Vorstellung von der Zeit haben. Und die Vorstellung vom Leben – als einem Abschnitt der Zeit. Wir geben uns ziemlich gern der Zeit hin, und sie beutet uns aus. Verstehst du mich?"
„Ich gebe mir Mühe."
„Ich erkläre es. Du zum Beispiel – bist Vegerarier, ja?"
„Ja."
„Die Zeit führt sich so auf wie der Mensch, der eine Kuh hält. Er zieht sie auf, zwingt sie zu arbeiten, er ernährt sich von der Milch, und letzten Endes isst er sie auf."

In welcher Sprache denkst du?

Mein geliebter Freund Sulejman sagt, dass ein Mensch in der Sprache seines Gesprächspartners denkt.
„Und überhaupt, das ist wahrscheinlich noch eine Bestätigung, dass der Mensch mit der Zunge denkt."
So hat er es gesagt.

Freitod

Mein geliebter Freund sagt, dass Selbstmord einem … eh … ähnelt, als würde man dich bei irgendetwas sehr Unanständigem erwischen. Er sagt, und sollen sie mich doch bitten – ich bringe mich um. Das ist besser, das ist lustiger – sterben und einem anderen in die Augen blicken – als einsam zu sterben.

Der Tod des Dichters

Mein geliebter Freund sagt, dass der Tod zum ersten Mal zum Menschen kam, als der zu schreiben begann.
„Warum liest du? Schreib es auf!"

Die Geburt des Propheten

Mein geliebter Freund Sulejman sagt, dass der Tod zum ersten Mal kam, als er zu schreiben gelernt hatte.
Aber als er zu lesen gelernt hatte, wurde er wieder belebt.
„Lies!"

Auf der Suche nach Gerechtigkeit

Mein geliebter Freund Sulejman sagte mir, dass der Mensch immer die Gerechtigkeit sucht, wie er sie sich vorstellt. Nur Frau und Mann – unterschiedlich. Der Mann über die Ordnung und Kraft (manchmal geht sie in Gewalt über). Die Frau – über Freiheit und Mitleid (manchmal eingewickelt in Zerstörung und Zerfall).

Poesie

Mein Freund Sulejman sagt, wenn ich die Poesie lediglich als Instrument ansehe, ich damit auch einverstanden sein muss, dass automatisches Schreiben (das heißt Schreiben nur deshalb, weil „die Finger zur Feder gezogen werden und die Feder zum Papier") dasselbe ist wie „sinnlos mit dem Hammer an die Wand oder mit dem Beil auf den Baumstumpf" zu schlagen.

Der Dom, den es nicht gibt

Mein geliebter Freund erzählte mir von der Mathematik. Und ich verstand, dass man sie gewaltsam von der Philosophie getrennt hatte, „man hat sie auseinander angesiedelt, wie zwei Adler-Verschwörer".
Wie sich herausstellt, gibt es Theoreme, die durch eine Vermutung bewiesen werden.
Mit der Methode des Gegners – das Nennen des Unangenehmen, nun, und wenn schon. Aber jetzt überlegt Ihr selbst, wenn das Eine die Verneinung beweisen kann, dann kann etwas Anderes noch einfacher als Bestätigung durchgehen. So verstehe ich es doch? Das heißt, es gibt Dinge, an die man – damit sie augenscheinlich werden – glauben muss. Zum Beispiel, dass es einen Kern gibt, den es nicht gibt. Um den Kern herum, den es nicht gibt, beginnen wir einen Dom zu errichten, und der Kern wird in ihm geboren.
Es gibt Dinge, die wir nur von Innen verstehen. Sie besitzen eine solche Natur. Liebe, zum Beispiel, oder Glaube, oder Sprache.

Laut Lesen

Mein geliebter Freund sagte, dass Koran im Arabischen „Laut Lesen"
bedeutet.

„Das heißt, wenn ich dir jetzt Gedichte vorlese, dann bin ich auch ein
wenig religiös?"

Er lacht. Ich hoffe – beifällig.

Und wenn er am Fenster raucht, dann trete ich zu ihm, um den Rauch
seiner Zigarette zu schlucken. „Im Nachbarhaus, in den gelben Fenstern"
denkt man wahrscheinlich, dass wir Dampfloks loslassen. Nein, ich liebe
einfach den Geruch von Rauch. Besonders liebe ich ihn mit Gedichten zu
mischen.

Gedichte

Mir scheint, dass Gedichte überhaupt aus einer Zeile wachsen, aus einer Träne herausschlüpfen. Wie die Keime wachsen sie dann, entwickeln
sich, flattern, ergießen sich.

Homer

Mein geliebter Freund Sulejman sagt, dass alle Poesie zwischen Homer
und uns passt. Mit einer Ausnahme, sagt er. Homer fühlte uns voraus –
wir erinnern uns an Homer. Man muss nur die Augen zumachen.

Er fährt weg

Mein geliebter Freund sagt mir, dass sich die Gedanken – im Raum
befinden. Man muss sie mit seinem Körper einsammeln, wie man im Gestrüpp Hanfstaub erntet.

Geh, sagt er, verreise nicht wegen der Emotionen. Verreise und denke.

Noch einmal über die Zeit

Der Raum – ist das Essen der Zeit, sagt mein geliebter Freund. Er verbreitert sich, die Zeit reichert sich mit ihm an. Aber auch die Zeit selbst ist
aus dem Raum entstanden, hat ihn gebändigt, gezähmt, und jetzt schert
und melkt sie ihn. Zuerst – das Essen, dann – der Esser.

„Ich habe mein Herz gefragt: was machst du? Es antwortete: Ich ver-
größere mich."

Ich werde Sehnsucht haben

Mein geliebter Freund sagt, dass der Mensch mit den Fingern denkt.

Seit ich den Bleistift gegen eine Tastatur eingetauscht habe, das Notizbuch mit dem Bildschirm, verstehe ich schlecht. Ich fühle die Gedanken nicht mehr. Ich lasse sie nicht ausschweifen, sondern wähle sie aus. Aus einem Meister wurde ich ein Instrument. Das ist langweilig, wie eine getrennte Empfängnis.

Die Jagd

Mein geliebter Freund sagt, dass Gott wie ein Raubtier nach Verwundeten jagt, dass er „der Gott der kaputten Herzen" ist.

Sex

Mein Freund vermutete, dass derjenige, der frühen Sex hat, das Lieben nicht erlernt. Weil Liebe ziehen muss, bevor man hinausgeht.

Aber meistens, sagt er, bedeutet das nichts. Es hat keinen Einfluss auf die Persönlichkeit. Es beeinflusst die Qualität: Einer liebt, der andere wird zur Quelle und zum Gegenstand der Liebe.

Und überhaupt, sagte er, lenkt Sex von der Liebe ab. Er ist wie ein Trugbild.

„Hast du was gesagt, Sulejman?

Männliches und Weibliches

Mein geliebter Freund Sulejman sagte, dass der Mann sich in der Frau versteckt, wenn er sie liebt. Aber die Frau kann sich nirgendwo verstecken und nicht zudecken.

Differenz

Ich sage zu meinem Freund: Mir scheint, gerade das Buch verwandelte den Menschen aus einem schaffenden und lebenden in einen erlebenden und wiederholenden Menschen. Mit dem Erscheinen des Buches hat der Mensch Gott (bedingt) verlassen und begann, dessen Gesetze anzubeten.

Er ist nicht damit einverstanden, scheint mir.

Von außen

„Glaubst du, dass hinter der Kurve ein nicht erwählter Weg auf uns wartet, nach einem geschriebenen Szenarium?"

„Keine Ahnung."

„Glaubst du, dass man durch die Zeit spazieren gehen kann, zum Beispiel jetzt nach links abbiegen und – in die Kindheit schreiten, oder in die Jugend, oder in den Tod?"

„Weiß ich nicht."

„Und glaubst du vielleicht an andere Welten, an die Welten der Engel oder Dshinn, die uns sogar jetzt begleiten, wenn wir durch die beleuchteten Moskauer Nebenstraßen gehen?"

„Das weiß ich nicht, aber ich glaube, dass es für Allah nichts Unmögliches gibt, denn er ist allmächtig und gerühmt."

„Und glaubst du eventuell, dass ich mich vom ersten Wort an in dich verliebt habe? Weil dein Wort Sammelpunkt seines Gedankens, Konzentration und Anspannung, und nicht nur ein Ton ist. Keine Hülse einer Idee, sondern der Kern."

„Ich glaube, dass Allah das macht, was er will und dass er keine Schranken besitzt, und ihm die ganze Macht gehört."

Leidenschaft

Mein geliebter Freund sagt, dass der Tod – die Liebe zu Gott und die gesetzliche Brautnacht ist, aber ein Selbstmord – Leidenschaft, unerlaubt, schmachvoll … Es gibt Myriaden von Engeln, die vor Liebe zu ihm irr geworden sind. Sie, diese Engel, lieben Ihn so vollständig, dass sie rundherum nichts außer Gott sehen. „Ihnen ist alles egal, alles gleichartig …" Ich habe den Verdacht, dass Selbstmörder in den Myriaden dieser törichten Engel aufgehen.

Bei Sonnenaufgang

Mein geliebter Freund sagt mir: Deine Poesie ist der Kirschbaum hinter meinem Fenster.

In der Finsternis

Vor dem Schlafengehen sagte mein geliebter Freund, dass ein Dichter die Blume der Sprache ist, und beim Aufwachen sagte er, dass er der Samen des Volkes sei.

Waschung

Mein geliebter Freund sagt, dass ein Verliebter mit dem Körper denkt, mit jeder Zelle.

Joseph

Mein geliebter Freund sagt: Ruf mich nicht Bruder. Wenn du den Verstand verlierst wegen des Wohlgeruch, wieso bin ich denn dann ein Bruder!
Da! Nimm mein Hemd. Und schließe die Augen.
Begreife es!

Um Mittag

Mein geliebter Freund sagt, dass Trägheit eine feine Intuition ist. Wie ein Vater sein Kind in der Umarmung hält und ihn von einer Gefahrenzone fortreißt (sagen wir von einem Abhang), so sei die Trägheit.

Vor dem Spiegel

Mein geliebter Freund sagt, dass, weil die Welt voller Abbilder ist, wir ständig und überall Analogien finden. Und dass möglicherweise nichts, außer den Abbildern auf dieser Welt existiert. Wenn wir „uns gegenseitig die Spiegel abbilden", entsteht einfach eine Lügensicht, eine Illusion, es entsteht etwas. Und das nennen wir Welt.
Mein geliebter Freund schweigt.
Nur sind das keine Information und kein Gerede. Das ist ein Gedicht.

Eifersucht

Mein geliebter Freund ist der beste auf der ganzen Welt. Wenigstens, „wenn Sie ihn mit meinen Augen sehen würden." Aber ich sage ihm kein Wort davon. Denn wenn er davon erfährt, „in einer Welt voller Schimmel und Efeu", wie wird er dann leben? Er ist einer, der keinesgleichen hat. Er bekommt Sehnsucht wie ein geschlossener, geheimer Schatz. Auch wird er das Licht von der Finsternis trennen.
Obendrein befiehlt er mir, mich vor einem anderen zu verneigen.

Ich spreche zu Sulejman

Ibn Arabi erschüttert und verbreitert mein Bewusstsein, und Rumi er-
gänzt, engt und verwirrt. Das macht nichts, dass ich sie in wortwörtlicher
Übersetzung lese, na und! Das Wort ist nicht das einzige Mittel der
Wissensvermittlung, es gibt viele. Das Wort ist ein Usurpator. Das Wort
ist ein Raubtier, das Wort ist ein Wolf: Schneller wäre es ihm, die Kehle
durchzuschneiden, d. h. mit dem Stoßzahn zu bezeichnen, zu markieren.
Und dabei ist nicht wichtig – ob er fressen kann. Deshalb ist auch so viel
geistige Versumpfung rundherum.
Aber das jetzige Wissen kann nicht mit dem Wort eingefangen werden.
Das jetzige Wissen ist wie der Wohlgeruch eines geliebten Menschen: Er
ist nicht zu erfassen und nicht zu beschreiben. Gerade des Geliebten –
weil, wie viel ich mich auch bemühen vermag, einen kleinen Geruch – wie
soll ich ihn wiedergeben?
Geruch ist gleich Gedanke, nur nicht vom Wort anerkannt. Geruch ist
ein Gedanke, der von ihm zurückgewiesen wird. Geruch ist eine Gestalt,
die vom Wort nicht anerkannt ist.
Ich hülle mein Bewusstsein in deinen Geruch, das verwirrte und erschütterte. Und ich schlafe ein, mein geliebter Freund.

Einigung

Haben Sie es schon bemerkt: Wenn man eine Kreuzung überquert und
dir ein anderer entgegenkommt und plötzlich von der Seite noch unerwartet ein Auto dazustößt, – warum schmiegt ihr euch aneinander und
stört euch, anstatt zu verschiedenen Seiten auseinander zu gehen. Als
wenn in euch beiden ein Magnet zutage tritt und euch zueinander zieht.
Als ob es nicht dich, nicht den anderen, sondern einen gemeinsamen Or-
ganismus gibt, der zusammenfindet, sich zu einer Faust vereinigt.

Eingeständnis. Gespräch zwischen Sufi und Sufist

Ich sage ihm: „Gott gibt es auch im Menschen. Wenn ER überall ist,
dann ist er auch im Menschen."
Er wendet ein: „Gott ist nicht im Menschen, er existiert separat von ihm –
das ist klar."
Ich frage: „Vielleicht weißt du, wo?"
Er schaut und schweigt.
Ich sage ihm, dem Freund: „Wenn Er zum Beispiel nicht in dir wäre, wür-
de ich dich sonst so lieben?"

Er schaut und schweigt. Er will nicht grob sein.

„Der Mensch ist ein Sklave des Allmächtigen", gibt er zur Antwort.

Ich sage: „Ein Sklave verrät letztendlich immer. Lieber wäre ich ein Hund, eine Katze, ein Baum, ein Stab, aber kein Sklave."

Er schaut. Und er macht einen Schritt näher an mich heran.

Er sagt: „Willst du, dass ich mir die Halsschlagader durchschneide, um dich zu überzeugen, das Er dort nicht ist?"

Ich verstumme: „Nein! Ich will das nicht, nein!"

... Kaum hatte ich den Hals berührt, schon verstand ich am Pulsschlag, dass Er dort ist, wie der Samen in der Erde, versteckt er sich.

Er spricht: „Du bist komisch."

Ich schaue ihm in die Augen. Er lacht: „Du bist ein Idolanbeter."

Ich schweige. Ich bin verwirrt.

Er schaut.

Verwirrt.

Die Nacht geht zur Neige

„Meine Worte sind Nahrung für die Engel. Wenn ich nicht spreche, werden die hungrigen Engel sagen: „Sprich! Warum schweigst du?"

„Sind das die Worte Rumis[11]?"

„Ja."

Mein geliebter Freund spricht, dass das Gebet für ihn keine Nahrung ist, sondern höchste Freude, und süßestes Vergnügen.

„Aber für mich", sage ich, „ist Vergnügen zu denken und zu grübeln."

Aber er antwortet: „Im Gebet ist der Geruch des Gedankens, der Atem und sein Geist."

Er erzählt mir, dass der Gedanke für die Worte ist, was die Seele für den Körper bedeutet: Sie fühlen sich belästigt, aber können nicht ohne sie leben."

Als die Nacht zur Neige geht, sagt er mir, ich solle mich neben ihn stellen, seine Schulter mit meiner Schulter berühren, und ihm etwas nachsprechen ohne nachzudenken.

Aber ich kann das nicht: nicht nachdenken.

Er sagt, dass der Gedanke das Aufblühen sei, aber das Wort – ein Fruchtknoten. Über sie muss man nicht nachdenken. Sie keimen von selbst auf.

„Schließ die Augen ..."

„In der letzten Nacht hat mich der Freund auf die Lippen geküsst – woher könnten sonst meine Worte so aromatisch sein?"

Das ist auch Rumi.

Mein geliebter Freund … sprich, sprich …

   Wir sprechen
Er – über die feine Materie – die Idee
Ich – über das dichte Wort

Er über das weltliche „Überall"
Ich über das heimatliche „Dort"

Er allgemein über die Zeile
Ich das denkwürdige, über den Rhythmus.

Er über das vorewige „du"
Ich über das vergängliche – „ich"

* * *

Ich hatte unter den Männern keinen Freund.
Jar, hej,
He, Geliebter, in den grünen Bergen.
Dieses Leid war unerträglich.
Jar, hej,
He, Geliebter, in den grünen Bergen.
Aber die Welt ist traurig gestaltet, aber weise.
Jar, hej
Mal ist ein dunkelblauer Abend, mal ein roter Morgen.
He, Geliebter, in den grünen Bergen.

Und ich nannte keine Frau meine Geliebte.
Jar, hej,
He, Geliebte, du Veilchen in den Gärten,
Dieses Leid war unerträglich.
Jar, hej,
He, Geliebte, du Veilchen in den Gärten,
Und die Welt ist unwegsam, aber die Welt ist ewig.
Jar, hej,
Mal ist ein roter Morgen, mal ein dunkelblauer Abend.
He, Geliebte, du Veilchen in den Gärten.

Wad-Ker

Die Uhr

Im Café „Bilingwa" ist mir folgende seltsame Geschichte passiert. Abends verwandelte sich diese Einrichtung in einen Literatursalon, hier lasen Schriftsteller und Dichter. Man muss hinzufügen, dass die ständigen Besucher und Hochstapler voller Eigentümlichkeiten waren. Eines Tages drängte sich mir ein Subjekt nachlässigen Aussehens, unsteten Blicks mit langem Haar auf. Er war erpicht darauf, mit mir an einem Tisch zu sitzen und seine Geschichte zu erzählen. Ich musste zuhören.

„Als ich auf der Durchreise auf dem mittleren Streifen Russlands war", begann er literarisch, „fand ich mich in der kleinen Stadt N. wieder, die sich in nichts von anderen Dörfern städtischen Typs unterschied, wenn es nicht eine Besonderheit gegeben hätte. Während meines Aufenthaltes sah ich in ihm weder eine Stadtuhr noch Kinder auf der Straße. Der zentrale Platz, der Bahnhof, die Stehkneipen waren von Stille und Zeitlosigkeit geprägt. Ich hielt einen der seltenen Vorübergehenden an, einen Alten mit Stock, und fragte nach der Uhrzeit.

„35440", atmete er aus.

Was für eine seltsame Antwort! Ich ging über die Straße, einem anderen, ganz normal aussehenden Vorübergehenden entgegen. Als er meine Frage vernahm, antwortete er:

„3084."

„Scherzen Sie nicht mit mir, junger Mann!"

Er blieb stehen und schaute mich böse an.

„Ich bin kein junger Mensch."

Aber er war nicht mehr als 25 Jahre alt, verstehen Sie? (Ich verstand nichts.)

Der junge Mensch winkte ab und ging weiter. Dann blieb er stehen und fragte die Augen zusammenkneifend:

„Und ihre?"

„Entschuldigung …"

„Und was ist Ihre Zeit? Wie viel bleibt Ihnen noch?"

„Wer weiß das denn, außer Gott allein."

Er schaute mit einem Lächeln, dann zeigte er mit der Hand auf eine weit entfernte Spitze eines Gebäudes.

„Der Vorsitzende weiß es. Gehen Sie zu ihm."

… Am selben Abend fuhr ich aus der Stadt weg. Es vergingen sieben Jahre, Sie sind der Erste, dem ich diese Geschichte erzähle", er schaute mich an.

Ich hörte dem komischen Kauz zu und glaubte ihm keine Silbe.

„Womit habe ich diese Ehre verdient?"

„Durch nichts", setzte er fort und schaute mich an, „Sie haben mich nach der Uhrzeit gefragt."

Das ist richtig. Ich hatte ihn tatsächlich nach der Zeit gefragt. Damit begann das Gespräch, aber eine Antwort hatte ich nicht gehört.

„So, nun, ich antworte Ihnen", er beugte sich über den Tisch und flüsterte, „fünfzehn."

Einen Augenblick sahen wir uns gegenseitig an.

„Sehen Sie den Barkeeper?", begann er schnell zu sprechen und nahm mich bei der Hand, „sehen Sie ihn oder nicht?"

„Ich sehe ihn."

„Gehen Sie zu ihm und sagen Sie, dass Sie sich für Uhren interessieren. Nennen Sie eine beliebige Marke, egal, welche … Aber jetzt muss ich los", dabei klopfte er auf den Tisch und ging ohne zu zahlen. Alles war dermaßen theatralisch, dass mir zum Lachen war. Es war keine große Summe, aber irgendwie wollte ich nicht gern für eine solch langweilige Erzählung bezahlen.

Am Ausgang wurde ich am Arm gezogen.

„Sie interessieren sich für Uhren?", der Barkeeper schaute mich an und sah sich um.

„Und welche?"

Er zog einen goldenen Anhänger heraus, scheinbar gestohlen. Auf der Oberseite war ein Kratzer.

„Nein, danke."

„Behalte deine Zahl, 15123."

Ich beschreibe diese Geschichte, weil mir nur noch ganz wenig Zeit geblieben ist. Ich sitze jetzt in einem Sessel und stehe vor einem Rätsel, wie so etwas vor sich gehen kann, dass mein Schicksal unterbrochen wird. Ich befinde mich bei vollem Verstand und habe ein nüchternes Gedächtnis, falls mein Tod eintritt, dann bitte ich irgendjemanden zu beschuldigen, nur nicht mich.

Die weiße Tasche

Die Straßenbahn war voller Menschen. Sobald sich eine Gelegenheit bot, setzte er sich hin, wobei ihn eine weiße Damentasche aufschreckte. Gewöhnlich tragen die Taschen im öffentlichen Verkehr unabhängig vom Geschlecht eher einen anderen, überzeugteren, um nicht zu sagen, unverschämten Charakter. Er schaute auf. Er sah ein unschönes, aber frisches Gesicht eines jungen Mädchens ohne den Schatten eines Vorwurfs. Er stand auf. Der gesenkte Blick, die unklaren Worte der Dankbarkeit – das alles war wie gewöhnlich, aber die Neutralität des Fahrgastes in ihm wankte: Er verstand, dass er etwas über sie wissen wollte. Er stand daneben und hielt sich an einem oberen Griff fest, aber ihm stand Unsicherheit in den Augen geschrieben. Die kleine Episode hatte sie zu Komplizen gemacht. Scheinbar bemerkten sie einander nicht, aber jede Bewegung des einen diente dem anderen als Information. Schließlich hielt sie es nicht aus und begann als erste zu sprechen, aber nicht mit ihm, sondern mit einem Mann mit Brille, der neben ihr saß. Sie fragte, wie man zu einer Straße kommt, an deren Namen ich mich jetzt nicht mehr erinnern kann. War es der Zufall oder ein Gruß des Schicksals – er wollte genau in diese Straße, und kaum hatte der Nachbar den Mund aufgemacht, als er sich auch schon anbot, das entsprechende Haus zu zeigen. Sie senkte die Augen, führte die Hand jäh zur Tasche hin, öffnete eine der Seitentaschen und nahm eine Fahrkarte heraus.

„Darf ich", schlug er vor und bemerkte, dass er errötete. Er konnte den Fahrschein besser lochen, sie hätte erst aufstehen müssen. Sie reichte ihm das Billet, aber ließ zu früh die Finger und das Papier los, das Flügel bekam und nach unten flog.

Er versuchte es im Flug einzufangen – es klappte nicht – er lachte, hob es vom Boden auf, lochte es, versuchte sich nicht zu beeilen und keinesfalls seine Aufregung auffliegen zu lassen, und gab es ihr zurück, wobei er umsonst ihrem Blick auswich, weil auch sie nicht zu ihm hinschaute.

An der Haltestelle warf er extra grob die Worte „das ist unsere" hin und eilte zur Tür, weiter weg von den kompromittierenden Worten. Er überlegte, ob er ihr die Hand reichen sollte oder nicht, als sie selbstbewusst, zu selbstbewusst die Stufen hinunterstieg. Er verstand, dass sie deshalb so ruhig war, da sie seine Aufregung bemerkt hatte. Er reichte ihr erst die Hand, als sie sie schon nicht mehr benötigte – sie lächelte schwach, und er sah wiederum, wie in ihren Augen Hilflosigkeit aufblitzte und sogar die Bitte, das Ganze schnell zu beenden.

Die Straßenbahn fuhr davon. Die Situation erforderte einen Entschluss. Das traditionelle „Wie heißen Sie?" wäre Vertrauensbruch gewesen. Er erklärte ihr, wie sie in die nötige Straße gelangen und das geforderte Haus finden könne. Die Arme, sie war ganz durcheinander. Fliege, na, fliege schon, ich lasse dich frei! Eine Verzögerung wäre ungeschickt gewesen. Sie eilte den Weg entlang.

Der Gast

An diesem Tag hatte ich ein romantisches Rendezvous im Museum für Bildende Kunst. Die Zeit drückte, ich drehte mich vor dem Spiegel und band den Schlips. In der Türöffnung erschien der Kopf von Dima Schwakin, der im anderen Flügel des Heims wohnte. Ein beliebiger Gast ist in einer solchen Minute ungebeten, aber den freundlichen Schwakin liebten alle.

„Hast du Kaffee?", fragte er.

„Auf dem Tisch."

Im Spiegel beobachtete ich ihn, wie er durchs Zimmer ging, aber er setzte sich schwer auf den Stuhl, anstelle etwas aus dem Glas rauszuschütten. Das war etwas ungewöhnlich, aber damals maß ich dem keine Bedeutung zu. Solange ich mich anzog, sagte er nichts.

Der Knoten wurde indes zu einem Zwerg mit Abrikosenkern, ja und auch die Farbe passte nicht zum Hemd. Ich umwand den Hals mit einem neuen Schlips, aber auch jener bereitete mir nicht weniger Sorgen. Es war unverständlich, ob ich den oberen Knopf schließen oder das Band kräftiger ziehen sollte. Der Knoten befand sich nicht zwischen den Kragenenden, sondern fiel irgendwo herunter, weshalb der Kragen ungewöhnlich hoch erschien.

Ich schaute auf die Uhr: Das Rendezvous drohte zu scheitern. Ich zog irgendwie am Schlips, warf im Eiltempo den Mantel über und ging hinaus.

Nach Hause kam ich in der Nacht. Das Rendezvous war erfolgreich verlaufen: Nachdem wir gewinnbringend die schon bekannten Bilder angesehen hatte, traten wir nach dem Museum auf den dunklen Boulevard hinaus und setzten uns auf eine Bank. Ich sprach über irgendetwas, sie entzog sich meinen Händen nicht und lächelte. Beim nächsten Mal wollten wir uns im gleichen Museum treffen, entschieden wir. Vom dunklen Boulevard wollte ich gleich hierher, zum Wohnheim abbiegen, um mit dem Wächter das Glück zu besprechen. Dort saß ich noch angezogen im Wintermantel und Pelzmütze, trank einen heißen Kaffee und zeichnete in Gedanken die nackte Silhouette des Mädchens nach, wobei ich versuchte, ihr Leben einzuhauchen und sie zu erfühlen, als in mein Wunschtraum und Kaffeerausch hinter der Tür im Korridor eine Schrei ertönte: „Schwakin hat sich aufgehängt!"

Der Knopf

Auf der Erde lag ein Knopf. Ich lief oft diesen Weg entlang, und an meiner Jacke fehlte einer – auch so ein schwarzer und runder, aber dieser hatte anstelle von vier Löchern nur zwei und war so geformt wie ein Teller.

Ziemlich komisch, überlegte ich, da liegt ein Knopf und ganz allein. Natürlich man wird ihn suchen kommen, aber ob man ihn, so einen kleinen, findet, der Mensch ist doch viel größer als er.

Ich beschloss, den Fund aufmerksam zu betrachten und holte eine Lupe heraus, die ich immer dabeihatte, um die Ameisen zu beobachten. Die Sache hätte sich leicht geklärt, wenn ich einen Faden gehabt hätte. Egal ob grün – man müsste eine Jacke mit grüner Farbe suchen, wenn dunkelblau – dann mit dunkelblauer Farbe ... Durch die Lupe bemerkte ich einen ernsten, riesengroßen Kratzer quer über den Boden, ausholend, tief mit Abspaltung der Farbe – wenn der Knopf lebendig wäre, hatte er es nicht überlebt. Und ob der Besitzer selbst lebt? Ich schaute mich um, aber niemand lag irgendwo herum. Und niemand lief herum. Es wurde schon dunkel und kalt. Weit hinten erschien auf der rechten Seite die Figur eines Menschen, um auf die linke hinüberzugehen, und ich lief hin und blieb in der Mitte stehen.

„Bleiben Sie stehen!", ich wies mit dem Knopf auf die Brust. Die Umgebung passte, die Anzahl der Löcher auch. Nur die Farbe stimmte nicht, aber das war nicht von Bedeutung.

Ich hob den Knopf zu ihrem Gesicht und schaute durch die zwei Löcher in ihre Augen.

Wir blickten uns an, blinzelnd, mal sie, mal ich, dann wieder sie. Aber dann liefen wir ins Feld, durch den Knopf auf die Sterne zu sehen.

Eine Geschichte, die es tatsächlich gab

Ihre liebste Beschäftigung war das Stricken. Schon in der Kindheit hatte ihr das die Mutter beigebracht. „Ich würde ein beliebiges Ding in jeder möglichen Farbe und Größe stricken", träumte Vera vor dem Einschlafen und streichelte den Bauch des Mannes. In Gedanken ging sie immer wieter und bemerkte nicht, wie sie an der Nabelschnur einen klitzekleinen Auswuchs befühlte. Sie untersuchte ihn vorsichtig mit den Fingern, zog und dehnte leicht an ihm. Später erinnerte sie sich an diese Episode und fragte sich, warum sie nicht aufhören konnte: Vielleicht trieb sie die weibliche Neugier, sie wollte wissen, womit das alles endet.

Als Vera zu sich kam, bemerkte sie auf dem Bett einen großen Knäuel.

Der Mann war weg.

Sie versteckte das, was von ihm übrig geblieben war, schrieb eine Anzeige über das Verschwinden des Mannes an die Miliz und gab eine Zeitungsannonce mit folgenden Inhalt auf: „Junge Witwe wünscht die Bekanntschaft eines großen Mann beliebigen Alters und beliebiger Lebensauffassung."

Abends des gleichen Tages rief man sie an. Im Treppenhaus standen zwei Männer, die einander nicht kannten. Sie wählte den größeren aus und vor dem zweiten schlug sie die Tür zu. Ein Ingenieur eines Baubetriebes, ein Mensch mit großem, eindrucksvollem Bauch. Sie saßen nicht lange, löschten das Licht und legten sich hin. Das Objekt war erstaunlich gesprächig. Sie hörte lange zu, erfuhr alles über seine Vergangenheit. Endlich machte der Gast eine Pause und begann zu schnarchen. Sie tastete nach seinem Bauch, fasste nach dem Nabel und begann ihn zu massieren. Es verging eine genügend lange Zeit, aber nichts Ähnliches wie einen Auswuchs konnte sie finden.

„Es kann sein, der Kern ist nicht das Massieren", dachte sie, „kann sein, man muss ihn nicht reiben." Sie führte die Tischlampe an den Bauch heran. Der mit akkuraten Runzeln zusammengerollte Nabel sah vielversprechend aus. Sie kratzte mit dem Fingernägelchen, ging hinein und fühlte eine winzig kleine Verhärtung.

„Bei fetten Menschen sind die Verdichtungen immer winzig", schoss es ihr mechanisch durch den Kopf. Vera zog an der Verhärtung bis zur Grenze des Sichtbaren, löschte die Lampe, legte sich hin und begann zu ziehen. Sie zog langsam und lange. Vieles ging ihr dabei durch den Kopf. „Wie tötet man einen Menschen?", fragt sie die Dunkelheit. Aber aufstehen und schauen wagte sie nicht. Der Knäuel stellte sich als so riesig heraus, dass es ihr schwer fiel, ihn ins Zimmer zu schleppen: Vera warf ihn auf den Fußboden und schob ihn unters Bett.

Nach zwei Tagen besuchte sie ein Abschnittsbevollmächtigter. Er zog die Schuhe nicht aus, ging mit Interesse die gesamte Wohnung ab und setzte sich auf einen Stuhl in der Mitte des Zimmers. Es folgte ein ernstes Gespräch. Er sei nicht verheiratet, aber er habe einen Sohn. Er nahm die Annonce heraus. Er erhaschte ihren sinnlichen Blick und fasste Mut. Sie war einverstanden.

Ihre Wohnung war nicht groß: zwei Zimmer, Balkon, Küche, sanitäre Einrichtungen und Einbauschränke. Und die Leute kamen und kamen. Schon in der Kindheit hatte Mama sie zum Stricken gezwungen: Mützchen, Jacken, kleine und große Schals in beliebiger Farbe und Größe wimmelten im Schrank.

„Jetzt machen wir es mal anderes", entschloss sie sich unbeirrt und nahm einen menschlichen Faden auf die Stricknadeln auf. Sie stach in das Ende des imaginären Fingers, nahm von der anderen Seite Garn und nähte ein Fingerglied an, ging zum Ellenbogen über und zum Arm, dann die Brustmuskeln. Die Arbeit ging gut von der Hand. Neben ihr lag eine geöffnete Zeitschrift mit einer Fotografie eines deutschen Schauspielers. Als die Puppe fertig war, umarmte sie sie und schlief ein.

Am Morgen wachte sie allein auf. Sie fragte sich niemals, wohin sie gehen, strickte lediglich in der Nacht und umarmte sie, wie für immer, vor dem Schlafen.

Jede Nacht ging aus ihrer Wohnung ein wunderschöner Blonder heraus, stolperte über die Treppe, und nach einer Minute war er im Dunkel der Stadt verschwunden.

Die Fliege

Ein stummes Jauchzen bedrängte die Passanten, nur die Sperlinge und die Kinder begrüßten begeistert und laut das Kommen des Frühlings. Die Linden dufteten wie die Mädchen und reckten die Wipfel in den verschlossenen Himmel, tönten und zogen die allgemeine Aufmerksamkeit auf sich. Neben den Abfallbehältern gingen die Hofhunde zum Schlafen und fletschten schon nicht mehr die Zähne zu den vorbeifahrenden Autos hin. Aus dem Geschäft „Geschenke der Natur" kamen Menschen mit Taschen heraus, und auf der anderen Seite strich sich ein alter Schuhmacher über den Haarnacken, nachdem er vorher in die Handfläche gespuckt hatte.

Unweit seiner Werkstatt wurde mit Grünzeug gehandelt, auf das Fliegen krochen. Sofort wurden die Hände aus den Hosentaschen ausgegraben.

Ein junger Mann kippelte nach vorn, nahm einen Kugelschreiber aus dem Mund und begann schnell zu schreiben. Als er fertig war, schaute er finster drein und vibrierte mit den Lippen, schaute auf das Geschriebene, strich mit einer verkrampften Bewegung etwas durch, dann lehnte er sich wieder an die Lehne des Stuhles zurück. Eine große, graue Fliege kreiste unruhig im Zimmer umher und fand keinen Platz. Sie flog an das Bücherregal an der Wand, zur Tür, die mit einem Laken verhangen war, das Bett und den Schreibtisch neben dem Fenster. Ihr Surren lenkte ab, unterbrach die Arbeit, ärgerlich beobachtete er sie. Schließlich änderte sie die Richtung, schlug mit Wucht an das durchsichtige Fenster und fiel in eine stumme Hysterie, nach und nach abwärts rutschend, bis sie auf dem Rahmen landete.

Der junge Mann beugte sich vorsichtig zum Tisch hin, um das Insekt nicht zu erschrecken. Die akkurat beschriebene Seite zeigte keine Anzeichen von Leben und zerfiel in dunkle Flecken, neben denen es von dünnen Worten wie von Würmern wimmelte. Sie vereinigten ihre einst besten Teile, setzten Fett an und krochen auf ein neues Blatt.

Die Arbeit zieht sich hin, dachte er. Gestern war ein ganzer Tag auf einen Absatz draufgegangen. Wegen der ständigen Verbesserungen eines der Wörter war es schon auf fünf Etagen angewachsen, und als er jedes vertuschte Wort antastete, fand er zwei wechselnde Varianten. Um aus der Sackgasse herauszufinden, begann er das Skelett des Satzes zu zerschlagen. Letzten Endes, verändert bis zur Unkenntlichkeit, ganz in Narben und Klecksen, wurde das Blatt wegen Eigensinnigkeit verbrannt.

Nichts kann man in einem Guss schreiben, dachte er. Zuerst ist die Idee, die sich im Kopf dreht und auf dem Tisch kriecht wie Fleisch aus dem Fleischwolf. Während der technischen Korrektur beim mehrmaligen Lesen reiben sich die besten Teile ab und drehen die Kurbel der Begeisterung nach vorn – diese bewegt sich nun in die umgekehrte Richtung und richtet das Geschriebene zugrunde. Gestern hatte er das schon gefühlt. Wenn die Sache so weitergeht, legt er heute die Arbeit beiseite und holt alte Manuskripte aus dem Tisch, die nach langer Einkerkerung gefügig wurden.

„Pfui, du Verfluchte", der junge Mann wedelte mit den Händen, runzelte angewidert die Wange und strich über sie. Die Fliege machte die Biege und tanzte wild im Zimmer los. Sie kreiste um ihn herum, winselte wie ein Hund, bis sie von neuem aus ganzer Kraft an das Fenster ballerte.

Ein junges Mädchen beachtete das überhaupt nicht, sie überquerte die Straße und huschte mit nackten Beinen vorbei. Schade, dass man aus der sechsten Etage ihr Gesicht nicht sehen kann, dachte er.

Um die Mittagszeit, wenn der Kopf seine Frische verliert, das Herz aber noch schläft, schrieb er nicht, sondern schaute lediglich mit solchem Interesse aus dem Fenster, mit dem Fischliebhaber das Leben im Aquarium beobachten. Auf dem asphaltierten Platz spielten die Kinder Fußball. Viele schrien, als ob jeder, sogar der Torwart, die Chance hätte, ein Tor zu schießen. Eine junge Mama stieß das Töchterchen auf der Schaukel an, und jene lachte, von der geknickten Erde trunken. Auf einem Balkon, in der dritten Etage des Hauses baumelten leblose Arme nach unten und plauderten mit einem aufgehängten Hemd.

Der junge Mann schrieb wieder.

In der Nacht regnete es. In den Häusern brannte in wenigen Fenstern Licht, irgendwo bellte heiser ein Hund. In der Ferne wurden Autoscheinwerfer angelassen, die das Zimmer für einen kurzen Moment beleuchteten. Der Umriss des Fensters auf dem Fußboden zitterte, kroch auf

Wand und Bett und riss ein krankhaft-schmales, unrasiertes Gesicht aus der Finsternis heraus. Das Quadrat lief über ihn hinweg, schwang sich auf und verschwand.

Der junge Mann lag mit geschlossenen Augen da und Fragmente des durchlebten Tages zogen ungeordnet vor ihm vorüber: Tauben, die am Rande des Daches umherwirbeln, lautlose Kinder, Frauenbeine … eine große Fliege sprang über den Himmel und hinterließ dunkle Flecken und klein geschriebenen Worte …

Er öffnete die Augen. Er stöhnte Unverständliches, drehte sich auf die andere Seite und versteckte den Kopf unter dem Kopfkissen. Er warf sich noch lange auf dem Bett herum, bis er schließlich aufstand.

Er knipste das Licht an, setzte sich an den Tisch, suchte von den geschriebenen Seiten eine heraus, lehnte sich an den Stuhl und starrte dorthin, wo unter der Decke im Schoße einer Spinne die Fliege schlief, auch dorthin, wo ein stummes Jauchzen die Passanten belagerte, und nur die Sperlinge und die Kinder begeistert und laut das Kommen des Frühlings begrüßten. Die Linden dufteten wie die Mädchen und trugen die Wipfel in den abgeriegelten Himmel …

„Trugen" – das ist der Blick von unten. Man muss – „eintauchen".

Er suchte mit den Augen nach dem Kugelschreiber.

* * * („Warum schreibst du?")

„Warum schreibst du?"
„An den Wänden."
„Das sehe ich. Warum schreibst du an den Wänden?"
„Weiß ich nicht."
„Warum bist du überhaupt hier rausgegangen?"
„Wegen der Fläche."
„Ist denn im Treppenhaus viel Fläche?"
„Viel, Mama."
„Mach mich nicht zum Gespött, geh auf die Straße, atme frische Luft. Dort wirst du Sonne und Fläche in Hülle und Fülle finden."
„Dort ist keine Sonne."
„Wieso nicht? Geh raus und du wirst sie sehen. Lass diese Wände doch endlich in Ruhe!"
„Nein, dort ist keine Fläche …"
„Warum?"
„Die Wände geben die Fläche."
„Herrgott, was malst und malst du denn immerfort auf die Fläche?"
„Die Sonne."

Nachbemerkungen

Lesgisch (Lesginisch) ist eine der circa 40 Sprachen im Nordkaukasus, der staatlich zu Russland gehört, wovon etwa 22 über eine eigene nationale Literatur verfügen.

Die Lesgen stellen ungefähr 13,3 % (385,2 Tausend Einwohner) der Bevölkerung der Teilrepublik Dagestans[12] (2010) dar. Auch außerhalb Dagestans leben in Russland annähernd 88 000 Lesgen. Außerdem sind etwa 178 Tausend Lesgen in Aserbaidschan zu Hause.
Die lesgische Sprache gehört zur nordostkaukasischen Gruppe und besitzt drei Hauptdialekte: Güneisch (Kürinisch), Samurisch und Kub(in)isch.

Wir benutzen für das vorliegende Buch die Bezeichnung lesgisch statt lesginisch, da dies korrekter die ursprüngliche Bezeichnung der Bewohner wiedergibt (auf Lesgisch heißt lesgische Sprache = лезги чӏал /lesgi tschal bzw. wiss.: lezgi č`al/; das Suffix -in- im Wort lesginisch entstammt der russischen Sprache).

Die lesgische Sprache gilt als gefährdete Sprache, da sie immer seltener als Muttersprache erlernt und wohl in relativ kurzer Zeit nicht mehr existieren wird. Meist sind bedrohte Sprachen Minderheitssprachen in ihren jeweiligen Ländern, deren Sprecher zu einem Sprachwechsel zu den jeweils dominanten Sprachen tendieren: in Falle der lesgischen Sprache sind die dominierenden Sprachen einerseits das Russische, andererseits das Aserbaidschanische. Auch wenn das Lesgische in Russland offiziell anerkannter ist als in Aserbaidschan, schicken viele lesgische Eltern ihre

Kinder in russische statt in lesgische Schulen, selbst wenn lesgische Schulen zur Verfügung stehen.

Je nach Wohngegend ist die lesgische Sprache eingefärbt: das dagestanische Lesgisch ist vom Russischen beeinflusst, das aserbaidschanische Lesgisch entwickelt sich freier. Die Ursache für den starken Einfluss des Russischen ist in der Notwendigkeit der Dagestaner verwurzelt, sich mit den anderen Völkern Dagestans (immerhin etwa 30) zu verständigen. In den Regionen Dagestans, in denen die Lesgen eine klare Bevölkerungsmehrheit darstellen, ist die Sprache in einem recht vitalen Zustand und noch nicht akut gefährdet.

Uns ist es ein Anliegen, die wertvollen Dokumente der lesgischen Literatur für die Nachwelt zu bewahren, solange noch Sprecher oder besser gesagt Verstehende für Übersetzungen zur Verfügung stehen.

Eine Hörprobe des Lesgischen können Sie im Internet unter: http://kaukasische-literaturen.jimdo.com/hörpoben/ finden, wo auch andere kaukasische Sprachen belauscht werden können.

Die Schriftlichkeit der lesgischen Sprache, eine Voraussetzung für Literatur, ist seit dem 19. Jahrhundert mit arabischen Buchstaben bekannt, ab 1928 mit lateinischem Alphabet und schließlich werden mit dem Jahre 1937 bis zum heutigen Tag kyrillische Zeichen mit Zusatzzeichen genutzt. (siehe die nachfolgende Schriftprobe).

Die lesgische Literatur entwickelte sich in vielen Sprachen: Ab dem 10. Jahrhundert in arabischer, persischer und türkischer Sprache, mit dem 18. Jahrhundert auch in der eigenen Muttersprache. Als Begründer der lesgischen Literatur in der Muttersprache gilt der Dichter Etim[13] Ämin[14] (1838-1884), der anfangs noch aserbaidschanisch oder arabisch schrieb, dann aber seine Gedichte Lesgisch mit arabischen Buchstaben fixierte.

Die lesgische Literatur entwickelte sich neben Lesgisch nach und nach auch auf Russisch heraus, sodass es nicht verwundert, wenn wir im vorliegenden Band sowohl russischsprachige (Fasir Muallim und Wadim Keramow) als auch zweisprachige Autoren (Fejsudin Nagai und Arben Kardasch) vorfinden.

Was wurde bisher aus der lesgischen Literatur ins Deutsche übertragen[15]? Bislang existiert keine Anthologie oder kein Sammelband lesgischer Literatur in deutscher Sprache, sodass unser Buch ein erster bescheidener Anfang darstellt.

Seit dem Jahre 1873 wurden Sprichwörter, Sprüche, mündliche Erzählungen und Volkslieder von deutschen Wissenschaftlern aus St. Petersburg ins Deutsche übersetzt, nach dem Zweiten Weltkrieg folgten Märchen durch Verlage in der DDR und der Bundesrepublik. Neben Folklore sind einzelne Erzählungen bzw. Gedichte in Zeitschriften wie „Die Sowjetfrau", „Sowjetliteratur", „Freie Welt" oder in Bänden mit Beispielen aus verschiedenen Nationalliteraturen der Sowjetunion abgedruckt (vorwiegend aus der russischen Sprache übersetzt).

Die Namen der lesgischen Schriftsteller werden heute überwiegend in ihren russischen Varianten angegeben (selbst in lesgischen Texten), so kann man sie leichter im Internet finden. Allerdings besteht neuerdings bei den Autoren die Tendenz, sich ein Pseudonym (Fasir Muallim) zuzulegen oder mit einer Abkürzung des Namens zu arbeiten z. B. Wad-Ker (Wadim Keramow)

Die Auswahl und die besondere Arbeitsweise bei der Übersetzung einer solchen Literatur, für die es keine speziellen Literaturübersetzer gibt und die oft über das Russische getätigt wird, habe ich bereits im Buch „Abasinische Prosa" erläutert (Nachwort, SS. 162-166). Für die Lesgisch-übertragungen konnten wir die gleichen Bedingungen nutzen. An dieser Stelle wiederum ein unendlicher Dank an das Übersetzerhaus in der Schweiz.

Im vorliegenden Band sind kleine und große Erzählungen von sieben lesgischen Autoren enthalten. Der älteste Autor wurde 1947 geboren, der jüngste Autor 1977. Im Unterschied zu vorhergehenden Bänden unserer Reihe sind alle Autoren noch aktiv. Kein Autor des Bandes wurde je ins Deutsche übersetzt.

Es war mir wichtig, auch Autorinnen in den Band aufzunehmen. Von den sieben Autoren des Bandes sind zwei weiblichen Geschlechts. Eine besondere Überraschung war dabei die Autorin Sedaghet Kerim, die einzige lesgische Autorin im Band, die in Aserbaidschan lebt und schreibt.

Steffi Chotiwari-Jünger

Beispiel für lesgische Schrift heute:

Fejsudin Nagai
Sage über Tugenden und Laster
КЪЕНИВИЛЕРИКАЙНИ Ч1УРУВИЛЕРИКАЙ КЬИСА

Халикьди чан алай ва чан алачир т1ебиат, чил, йад, гьава теснифна.
Чилел Ада инсанар халкьна. Гьуьлуьз гъетер, гьар жуьредин йицин гьайванар
ахъайна. Гьава ничхирризни нуьк1вериз гана. Вичи тесниф авур гьар са текинихъ адан жуьт агалдна.
Амма са т1имил вахтунлай чилер цавар, т1ебиат, чан алай-алачир халкь авурдаз акуна хьи: вичин к1валахдин нетижайрик гзаф кимивилер кумукьнава – иллаки инсанрик.
Гьавиляй, инсанрик кумай кимивилер хкудун паталди, Халикьди чилел пайгъамбар ракъурна.
Атана пайгъамбар чилел. Гат1унна ам инсанрик кумукьай кимивилер акваз.
Аквазва хьи пайгъамбардиз: инсанар чеб чпиз къарши паяриз к1ар хьанва
– варлубуруз ва кесибариз, кьиле макь авайбуруз ва ахмакьриз, гужлубуруз ва
усалбуруз, вик1егьбуруз ва ажузбуруз, зегьметкарриз ва кагьулбуруз, кар арадал гъизвайбуруз ва т1алабчийриз, ягь авайбуруз ва угьрийриз, къагьбейриз ва къанлуйриз… Абуру гьарда чпиз кутугай къени-ч1уру рекьер хкягьнава
Гьар са кимивал квай касдив агатиз, жузазва пайгъамбарди:
– Лагь кван, квай ч1урувал хкудна, къени крар авун паталди ваз вуч бес жезвач?
– Пул! Пул! Гзаф пул к1анда! – са жаваб ганай саки вирибуру.
– Квез харждай куьне а пул?
Гила гузвай жавабар гьар жуьре хьана:
– Зун угьрийрин кьил жедай! Вири угьрийри чуьнуьхай зат1ар заз жедай! – лагьана угьриди.
– Къанлуйриз кар ат1ун тавун паталди, завири судуяр маса къачудай! – лагьана къанлуди.
– Зурба дарвазар эцигна, аниз ч1агай ченгияр к1ват1дай, са еке къагьбехана ахъайдай! – лагьана къагьбеди.
– За гзаф т1алабчияр к1ватдай ва абурув жуваз къазанмишиз тадай! – лагьана т1алабчиди.
Анжах са касди лагьана:
– За зурба уртах дарвазар эцигдай ва гьана вири етимар, к1вал-йугъ авачирбур, кьуьзуьбур, начагъбар к1ват1дай. Абурухъ гелкъведай, абуруз т1уьн-хъун гудай, хата-беладикай абур к1евдай, гъуьнт1уьникайни бейадалатдикай, начагъвилерикайни кашарикай абур хуьдай…
Анжах и са касдин рик1из тир Аллагь гъахьнавайди. Декабр, 2014.

Allgemeine Worterklärungen:

Orte:
Dagestan ist eine Republik im Nordostkaukasus im südlichen Teil Russlands. Sie ist die flächengrößte und bevölkerungsreichste der russischen Kaukasusrepubliken. Hauptstadt: Machatschkala (früher: Port Petrowsk)

Essen:
Chinkal = Teigtaschen in Rhomben- oder Quadratform ohne Füllung mit Knoblauchsoße oder scharfer Soße, Fleisch dazu separat
Schisch = Schaschlyk = Fleischspieß
Lawasch = kaukasisches dünnes Fladenbrot
Kambar = Getränk aus saurer Milch oder Kefir, wozu man wohlriechende Kräuter wie Minze, Zwiebel oder Dill mischt. In der Erzählung ist eine Mischung aus zerkleinerten Kräutern oder Zwiebeln gemeint.
Sur = Gewächs, ähnlich wie Zwiebel, das zum Kambar hinzugefügt wird.

Kleidung:
Papacha = hohe Fellmütze, Kappe
Kawal = Oberkleidung für ältere Männer, ähnlich einem Mantel; wird über die Schulter gehängt
Burka = langer Bauernpelzmantel aus Schaffellen
Tscherkesska = Georgische (kaukasische) Tschocha (männliche Tracht), die im russischen Teil des Kaukasus Tscherkes(s)ka genannt wurde

Sonstiges:
Bala = heißt Kind, wird auch von älteren für junge Leute benutzt. (Bala hat auch die übertragene Bedeutung von Unglück, Elend, Not, Unruhe, Störung … Es existiert auch ein Vorname Bala.)
Dshemjajat = Dorfrat auf Lesgisch
Kim = Platz, an dem sich die Ältesten versammeln und beraten
Tamada = Tischführer während des Festessens, der Toste vorgibt u. a.
Ds(c)higit = berittener Krieger mit meist beeindruckender Reiterkunst
Dshinn = sind im Islam übersinnliche Wesen (Geister)

Ansprache:
Bruder oder Schwester (muss nicht an die leiblichen Geschwister, kann auch an Fremde gerichtet sein), etwa ähnlich wie Onkel oder Opa im Deutschen
Vater = wird auch für älteren Mann benutzt
Genosse = wird auch für Freund, Kamerad benutzt

Anmerkungen

[1] Koseform und/oder Verniedlichung (und Abwertung) für Raja Maksimowna Gorbatschowa, Ehefrau Gorbatschows
[2] Staatliches Komitee für den AusnahmeZustand
[3] Muammar Muhammad Abdassalam Abu Minyar al-Gaddafi (1942- 2011) war von 1969 bis 1979 das Staatsoberhaupt von Libyen
[4] Peri ist der Vorname, Chala = heißt Tante, Tantchen
[5] Lukian von Samosata (geb. um 120 – gest. vor 180 oder um 200 n. Ch.) bedeutendster Satiriker der griechischen Antike
[6] Tschan bedeutet Seele und wird benutzt für: Lieber, Liebe, Liebes
[7] Scharwili = Vorname des Helden eines lesgischen Epos
[8] -dshan (zum Beispiel Vater-dshan) = etwa lieber Vater; mit dieser Form ist eine besondere Emotion, Wärme verbunden
[9] wortwörtlich: Während ich dir die Hand an das Kinn lege, bitte ich dich sehr …
[10] Hadithe bezeichnen die Überlieferungen der Aussprüche und Handlungen des islamischen Propheten Mohammed
[11] Dschalāl ad-Dīn Muhammad Rūmī – kurz Rumi genannt (geb. 1207 in Afghanistan 1207 oder Tadschikistan - gest. 1273), war ein persischer Sufi-Mystiker, Gelehrter und einer der bedeutendsten persischsprachigen Dichter des Mittelalters.
[12] Der Name Dagestan bedeutet „Bergland"
[13] Etim (Jetim) ist ein Pseudonym und bedeutet „Waise"
[14] Sein richtiger Name ist Muchammad Amin
[15] Nähere Angaben siehe: Chotiwari-Jünger, Steffi: „Die Literaturen der Völker Kaukasiens" (Neue Übersetzungen und deutschsprachige Bibliographie bis zum Jahre 2000), Wiesbaden 2003. S. 95-98, 233-234

Steffi Chotiwari-Jünger (Hrsg.)

Sehnsucht nach der Heimat – Lakische Prosa aus dem Kaukasus

Ausgewählt und übersetzt aus dem Lakischen von Steffi Chotiwari-Jünger und Maäzat Tscharinqal

ISBN 978-3-8440-1974-2
164 S., 15.80 Euro
Shaker Verlag, Aachen 2013

Herausgegeben von Uli Rothfuss, Traian Pop

Abasinische Prosa — Folklore, Erzählungen, Novellen und Miniaturen

Aus dem Abasinischen ausgewählt und übersetzt von Steffi Chotiwari-Jünger und Pita Tschkala

Pop Verlag, Ludwigsburg 2014

176 Seiten, 17,00 Euro
ISBN 978-3-86356-088-1

Awarische Prosa

Ausgewählt und übersetzt aus dem Awarischen von Steffi Chotiwari-Jünger und Patimat Sagirowa

ISBN 978-3-7519-5900-1

140 S., 7,99 Euro

VBoD-Verlag, Books on Demand. Norderstedt 2020

Herausgeberin/Übersetzerin

Steffi Chotiwari-Jünger wurde 1952 in Leipzig geboren. Russisch-Georgisch-Tadshikischstudium an der Berliner Humboldt-Universität. Forschungsstudium in Berlin und Tbilissi. Promotion 1979 über den georgischen Schriftsteller K. Gamsachurdia. 1994 Habilitation zum historischen Roman (Die Entwicklung des georgischen historischen Romans, 1993). Oberassistentin an der Berliner Humboldt-Universität.
Bücher: „Georgier in Berlin" 1999, „Die Literaturen der Völker Kaukasiens" 2003, „Georgische Verbtabellen", 2010. Herausgeberin der wissenschaftlichen Zeitschrift „Georgica" (Fachzeitschrift für Kultur, Sprache und Geschichte Georgiens und Kaukasiens, 2006 bis 2012, in Zusammenarbeit mit georgischen Wissenschaftlern).
Publikationen zu Dshawachischwili, Gamsachurdia, Tschiladse, Abaschidse, Amiredshibi u. a., zur Rezeption der kaukasischen Literaturen in deutschsprachigen Ländern. Rezensionen und Artikel zur kaukasischen Literatur in Lexika: Lexikon der Weltliteratur 2004, Brockhaus 2006 und Kindlers Literaturlexikon 2009.
Herausgabe georgischer und kaukasischer Literatur: z. B. „Der ferne weiße Gipfel", georg. Erzählungen, 1984; Micheil Dshawachischwili 1986, 1991; Schota Rustaweli, 2005, 2011, „Georgische Autorinnen aus 11 Jahrhunderten" 2014, „Winzige Freunde" (vier georg. Märchen und eine Geschichte von N. Lomouri), „Georgische Kurzgeschichten" 2017.
Übersetzungen aus dem Georgischen: Dato Barbakadse 2007, 2008, 2010, 2012, Esma Oniani, 2014, Aleksandre Kasbegi, 2014, Micheil Dshawachischwili 2014, 2018, Ekaterine Gabaschwili 2015, Tschola Lomtatidse, 2015. Übersetzungen aus dem Russischen („Sehnsucht nach der Heimat", Lakische Prosa, 2013, Abasinische Prosa, 2014, Awarische Prosa, 2020).
Mehr auf der Website: http://www.kaukasische-literaturen.jimdo.com

Übersetzer

Fasir Muallim wurde 1970 im Dorf Znal (Süddagestan) geboren. Seine erste Sprache ist Lesgisch. Muallim schreibt seine Werke in der russischen Sprache, in der er im 12. Lebensjahr zu sprechen begann.

Studium an der Fakultät für Fremdsprachen an der Staatlichen Universität von Dagestan in Machatschkala und am Literaturinstitut Moskau (Lyrische Meisterschaft).

Er arbeitet als Dichter, Übersetzer und Theaterkritiker.

Seine Bücher: „Velikij sirota" (Eine bedeutende Waise) 2000, „Mne plakat' – chorošo" (Weinen tut mir gut) 2004, „I tak dalee" (Und so weiter) 2010, „Dobrovol'noe izgnanie" (Freiwillige Vertreibung) 2014.

Publikationen in den Zeitschriften „Četki", „Novaja Junost'", „Don", „Dar'jal", „Nana" und „Dagestan".